A LAS ÓRDENES DE SU MAJESTAD

JENNIFER LEWIS

WITHDRAWN

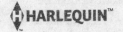

Editado por HARLEQUIN IBÉRICA, S.A.
Núñez de Balboa, 56
28001 Madrid

© 2011 Jennifer Lewis
© 2014 Harlequin Ibérica, S.A.
A las órdenes de Su Majestad, n.º 108 - 20.8.14
Título original: At His Majesty's Convenience
Publicada originalmente por Harlequin Enterprises, Ltd.

I.S.B.N.: 978-84-687-4434-6
Depósito legal: M-15575-2014
Editor responsable: Luis Pugni
Impresión en CPI (Barcelona)
Fecha impresion para Argentina: 16.2.15
Distribuidor exclusivo para España: LOGISTA
Distribuidor para México: CODIPLYRSA
Distribuidores para Argentina: interior, BERTRAN, S.A.C. Vélez
Sársfield, 1950. Cap. Fed./ Buenos Aires y Gran Buenos Aires,
VACCARO SÁNCHEZ y Cía, S.A.

Capítulo Uno

«Nunca me lo perdonará».

Andi Blake observaba a su jefe desde el otro extremo del gran comedor. Vestido con un esmoquin negro y el pelo peinado hacia atrás, se le veía tranquilo, relajado y tan guapo como de costumbre mientras revisaba la lista de invitados que ella había dejado en el aparador.

Quizá ni le importara. Nada perturbaba a Jake Mondragon, y por eso le había resultado fácil dejar su vida como exitoso inversor en Manhattan para convertirse en el rey del montañoso país de Ruthenia.

¿Fruncíría el ceño ante su marcha? Probablemente no. ¿Se molestaría?

Apretó el sobre con la carta de renuncia entre las manos sudorosas. Aquella carta lo hacía oficial; no era una amenaza ni una broma.

«Hazlo ahora, antes de que te falte el valor».

Se quedó sin respiración. Le costaba acercarse a él para decirle que se marchaba. Pero, si no lo hacía ya, pronto estaría ocupándose de los preparativos para su boda.

Había soportado muchas cosas desde que se mudaran de Manhattan al destartalado palacio de Ruthenia, pero era incapaz de verlo casarse con otra mujer.

«Te mereces tener una vida. Lucha por ella».

Se cuadró de hombros y cruzó la estancia, pasando junto a la larga mesa elegantemente dispuesta para cincuenta de sus amigos más cercanos.

Jake levantó la vista. Andi sintió que la sangre le hervía cuando clavó sus ojos oscuros en ella.

–Andi, ¿podrías sentarme junto a Maxi Rivenshnell en vez de junto a Alia Kronstadt? Me senté al lado de Alia anoche en casa de los Hollernstern y no quiero que Maxi se sienta rechazada.

Andi se quedó de piedra. ¿Desde cuándo era parte de su trabajo alimentar los romances de su jefe con aquellas mujeres? Las familias más poderosas de Ruthenia competían por ver a sus hijas convertidas en reinas y a nadie le importaba si la pequeña Andi de Pittsburgh era pisoteada en aquella lucha.

Y menos aún a Jake.

–¿Por qué no le siento entre ambas? –dijo tratando de mantener un tono calmado–. De esa manera puede cortejar a las dos a la vez.

Jake levantó la mirada y arqueó una ceja. Nunca antes Andi le había hablado de aquella forma, así que era normal que se sorprendiera.

Ella se cuadró de hombros y le ofreció la carta.

–Mi renuncia. Me marcharé en cuanto acabe la fiesta.

–¿Es alguna clase de broma?

Andi se encogió. Sabía que no la creería.

–Hablo completamente en serio. Haré mi trabajo esta noche. Nunca le dejaría empantanado en mitad de un evento, pero me iré mañana por la mañana –dijo sin poder creer lo tranquila que parecía–. Siento no haberle avisado con quince días de antelación, pero llevo los tres últimos años trabajando día y noche en un país extranjero sin haberme tomado ni una semana de vacaciones, así que supongo que sabrá disculparme. Las celebraciones para el Día de la Independencia están en marcha y todo está preparado. Estoy segura de que no me echará de menos.

Se apresuró a pronunciar aquellas últimas palabras mientras perdía el valor.

–¿Que no te echaré de menos? El Día de la Independencia es el acontecimiento más importante de la historia de Ruthenia después de la guerra civil de 1502. No podemos arreglárnoslas sin ti ni siquiera un día.

Andi tragó saliva. No le importaba nada ella, tan solo aquel gran día. ¿No era siempre así? Lo único que le preocupaba eran los negocios. Después de seis años trabajando juntos, apenas sabía nada de ella. Lo que no era justo, teniendo en cuenta que lo sabía casi todo de él. Llevaba los últimos seis años viviendo para Jake Mondragon y en el transcurso se había enamorado locamente de él. Lástima que ni siquiera se hubiera dado cuenta de que era una mujer.

Preocupado, Jake clavó en ella sus ojos marrones.

–Te dije que te tomaras unas vacaciones. ¿Acaso no te sugerí el verano pasado que volvieras a casa unas cuantas semanas?

¿A casa? Ya no sabía dónde estaba su casa. Había dejado su apartamento de Manhattan para irse a vivir allí.

Tenía pensado buscar una casa nueva y comenzar de cero. Tenía concertada una entrevista de trabajo en Manhattan la siguiente semana, el comienzo perfecto para empezar una nueva vida.

–No quiero ser una secretaria toda la vida y pronto cumpliré veintisiete años, así que ha llegado la hora de dar un giro.

–Podemos cambiarle el nombre a tu puesto. ¿Qué te parece… –comenzó entornando los ojos–, jefa del gabinete?

–Muy gracioso. Pero seguiré haciendo lo mismo.

–Nadie lo haría tan bien como tú.

–Estoy segura de que se las arreglará sin mí. El palacio tiene una plantilla de treinta empleados.

No podía decirse que lo estaba dejando en la estacada y ya no soportaba quedarse hasta las celebraciones del Día de la Independencia de la semana siguiente. La prensa estaba insistiendo mucho en lo importante que era que eligiera esposa. El futuro de la monarquía dependía de ello. Al ser coronado tres años antes, se había puesto de fecha límite el tercer Día de la Independencia.

Ahora, todo el mundo esperaba que cumpliera su promesa. Era un hombre de palabra, así que Andi sabía que cumpliría. Maxi, Alia, Carina… había muchas mujeres entre las que elegir y no podría soportar verlo con ninguna de ellas.

Jake dejó la lista de invitados, pero no hizo ningún amago de recoger la carta de renuncia.

–Sé que has trabajado mucho. La vida en un palacio real es un continuo ajetreo durante las veinticuatro horas del día, pero sabes organizarte y nunca te ha dado vergüenza exigir una buena remuneración.

–Estoy muy bien pagada y lo sé.

Estaba orgullosa de haber pedido aumentos de sueldo. Sabía que Jake lo respetaba y era en parte la razón por la que lo había hecho. Como consecuencia, tenía unos buenos ahorros para ese giro que iba a dar su vida.

–Pero ha llegado la hora de seguir adelante con mi vida –concluyó Andi.

¿Por qué estaba tan loca por él? Nunca había mostrado el más mínimo interés por ella.

Su malestar aumentó al ver a Jake mirar el reloj.

–Los invitados llegarán en cualquier momento y tengo que hacer una llamada a Nueva York. Ya hablaremos más tarde y buscaremos una solución –dijo, y le dio una palmada en el brazo, como si fuera un compañero de béisbol–. Queremos que estés contenta.

Se dio la vuelta y salió de la habitación, dejándola con la carta de renuncia entre las manos.

Una vez se cerró la puerta, Andi dejó escapar un gruñido de frustración. Parecía seguro de poder convencerla de que cambiara de opinión. ¿No era conocido por eso? Incluso se imaginaba que podía hacerla feliz.

Esa clase de arrogancia debería ser imperdonable, pero su seguridad y su aplomo eran probablemente lo que más admiraba y adoraba de él.

La única manera en la que podía hacerla feliz era tomándola apasionadamente entre sus brazos y diciéndole que la amaba y que quería casarse con ella. Claro que los reyes no se casaban con secretarias de Pittsburgh, ni siquiera los reyes de países tan inusuales como Ruthenia.

–Los volovanes están preparados. La cocinera no sabe qué hacer con ellos.

Andi se sobresaltó al oír a la encargada de festejos entrar por la puerta que había detrás de ella.

–Que empiecen a servirlos para los primeros invitados. Y también los palitos de apio rellenos de queso –dijo ocultando la carta de renuncia detrás de la espalda.

Livia asintió, sacudiendo sus rizos pelirrojos sobre su camisa blanca, como si fuera una noche más. Y lo era, excepto para Andi, para quien era su última noche allí.

–¿Tienes concertada la entrevista? –preguntó Livia, inclinándose para susurrar.

–No quiero hablar de ese asunto.

–¿Cómo vas a arreglártelas para hacer una entrevista en Nueva York estando encerrada en un palacio en Ruthenia?

Andi se acarició la nariz. No le había contado a nadie que se iba. Lo habría considerado una traición hacia Jake. Preferiría que los demás descubrieran que se había ido.

–No puedes irte a Nueva York sin mí –dijo Livia poniendo los brazos en jarras–. Fui yo la que te hablé de ese trabajo.

–No dijiste que te interesara.

–Dije que me parecía fantástico.

–Entonces deberías solicitarlo.

Quería irse. Aquella conversación no iba a ninguna parte y no quería confiarle sus secretos a Livia.

–Quizá lo haga –replicó Livia entornando los ojos.

Andi forzó una sonrisa.

–Guárdame uno de esos volovanes, ¿de acuerdo?

Livia arqueó una ceja y se marchó.

¿Quién se encargaría de elegir los menús y decidir cómo se servirían las comidas? Probablemente la cocinera, aunque tenía todo un temperamento cuando estaba bajo presión. ¿Quizá Livia? No era la persona más organizada del palacio y en varias ocasiones había perdido la oportunidad de un ascenso. Seguramente ese era el motivo por el que quería marcharse.

Fuera como fuese, no era su problema y Jake encontraría enseguida a alguien que la sustituyera. Se le encogió el corazón, pero respiró hondo y se encaminó por el pasillo hacia el vestíbulo. Los primeros invitados estaban llegando, luciendo sus mejores galas y unas joyas impresionantes.

Se alisó los pantalones negros. No era apropiado que una empleada se vistiera como una invitada.

Jake bajó la escalera ante la mirada de todos y comenzó a saludar a las damas con un beso en la mejilla. Andi trató de ignorar el arrebato de celos que la invadió. Era ridículo. Una de aquellas mujeres iba a casarse con él y no tenía sentido enfadarse por ello.

–¿Podría darme un pañuelo? –preguntó Maxi Rivenshnell.

Aquella morena esbelta había hecho la pregunta en dirección a Andi, sin ni siquiera molestarse en mirarla.

–Claro.

Andi sacó un pañuelo de papel del paquete que llevaba en el bolsillo. Maxi se lo quitó de la mano y se lo guardó en uno de los largos guantes de raso que llevaba, sin darle las gracias.

Para aquella clase de gente, ella no existía. Simplemente estaba allí para servirlos, como el resto de criados de sus aristocráticas mansiones.

Un camarero apareció con una bandeja de copas de champán y ella le ayudó a repartirlas entre los invitados. Luego, los dirigió hasta el salón verde en el que el fuego crepitaba en la chimenea.

Jake se movió con soltura por la estancia, charlando con sus invitados impecablemente vestidos. Algunos de ellos habían regresado recientemente después de décadas de exilio en lugares como Londres, Mónaco o Roma, dispuestos a disfrutar del renacimiento prometido de Ruthenia, después de decenios de comunismo.

Hasta el momento, las promesas se estaban cumpliendo. Los ricos se estaban haciendo más ricos y, gracias a las innovadoras ideas empresariales de Jake, los demás también. Incluso los acérrimos antimonárquicos que se habían opuesto a su llegada con protestas en las calles, tenían que admitir que Jake Mondragon lo estaba haciendo bien.

Había abierto mercados para los productos de agricultura y había animado a compañías multinacionales a que invirtieran, aprovechando la situación estratégica de Ruthenia en el centro de Europa. El producto interior bruto había aumentado en un cuatrocientos por cien en apenas tres años, sorprendiendo a propios y extraños.

Andi se irguió al escuchar la risa de Jake. Iba a echar de menos aquel sonido. ¿De veras estaba dispuesta a marcharse? Una repentina sensación de pánico estuvo a punto de hacerle reconsiderar su decisión.

Luego siguió la risa hasta su origen y vio a Jake con el brazo alrededor de una damisela, Carina Teitelhaus, cuya melena rubia caía como una sábana de seda hasta su cintura.

Andi apartó la mirada y se afanó en recoger la servilleta que se le había caído. Desde luego que no echaría de menos verlo con otras mujeres. Jake había bromeado diciendo que estaba intentando convencer a sus poderosos padres para que invirtieran en el país, pero era un ejemplo más de que para él las personas eran meros peones más que seres con sentimientos. Se casaría solo porque era parte de su obligación y ella no podría soportar verlo.

Necesitaba irse aquella misma noche, antes de que lo viera usar su bien entrenada lengua para… La imagen de su lengua la hizo estremecerse involuntariamente.

Por eso era por lo que tenía que irse de allí. No estaba dispuesta a darle la oportunidad de que la convenciera de lo contrario.

Jake apartó su plato de postre. Ya había tenido toda la dulzura que era capaz de soportar en una noche. Con Maxi a un lado y Alia en el otro, cada una tratando de desviar su atención de la otra, se sentía exhausto.

Andi sabía que le gustaba sentarse junto a una persona conversadora, pero había cumplido su amenaza de sentarlo en medio de las dos víboras más insoportables de Ruthenia.

¿Dónde estaba Andi?

Recorrió con la mirada el comedor. La luz parpadeante de las velas de la mesa creaba sombras y no la veía. Habitualmente se mantenía cerca por si necesitaba algo.

Llamó a una de las doncellas.

–Ulrike, ¿dónde está Andi?

La joven sacudió la cabeza.

–¿Quiere que vaya a buscarla, señor?

–No, gracias, yo mismo la buscaré.

Lo haría en cuanto pudiera librarse de todos aquellos platos. No podía arriesgarse a ofender a ninguna de sus enjoyadas acompañantes, ya que sus padres eran algunos de los hombres más ricos y poderosos de la región.

Una vez que las cosas se calmaran, no tendría que preocuparse tanto de congraciarse con ellos, pero mientras la economía estuviera creciendo y abriéndose un hueco en el mundo, necesitaba de su capital para engrasar la maquinaria.

Ahora entendía por qué los hombres de épocas pasadas habían encontrado práctico casarse con más de una mujer. Ambas eran guapas: Maxi era una sensual morena con un impresionante escote y Alia una elegante rubia de voz aterciopelada. Pero lo cierto era que no quería casarse con ninguna de las dos.

Carina Teitelhaus lo miraba desde el otro extremo de la mesa. Su padre poseía uno de los complejos industriales con más posibilidades de expansión y no dudaba en recordárselo continuamente.

Las mujeres de la nobleza de Ruthenia se estaban volviendo cada vez más agresivas en su lucha por el puesto de reina. Se había comprometido a elegir esposa antes de la celebración del Día de la Independencia de la semana siguiente. En el momento de hacer aquella declaración, la fecha límite le había parecido muy lejana y nadie tenía la certeza de que Ruthenia seguiría existiendo.

Ahora, el tiempo se había echado encima. Tenía que elegir esposa o incumplir su promesa. Todos en la sala estaban pendientes de sus miradas y sonrisas. La mesa del comedor se había convertido en un campo de batalla.

Habitualmente podía confiar en Andi para calmar los ánimos, pero esa noche, lo había dejado en la estacada.

—Si me disculpan, señoritas.

Se levantó evitando encontrarse con sus miradas y se dirigió a la puerta.

La ausencia de Andi lo preocupaba. ¿Y si de verdad se iba? Ella era el ancla que mantenía a flote el palacio en medio de las aguas revueltas de una Ruthenia en transición. Podía encargarle cualquier tarea y darla por hecha sin mayor preocupación. Su tacto y consideración eran ejemplares, y sus dotes organizativas inigualables. No se imaginaba la vida sin ella.

La buscó en su despacho, pero lo encontró apagado. Frunció el ceño. Solía estar allí por las noches, coincidiendo con las horas de oficina de los Estados Unidos.

Su ordenador portátil estaba en la mesa como de costumbre. Esa era una buena señal.

Jake subió por la escalera del ala oeste hasta la segunda planta, donde estaban la mayoría de las habitaciones. Allí, Andi ocupaba un amplio dormitorio en vez de uno de los de la tercera planta destinados a los empleados. Al fin y al cabo, la consideraba de la familia y eso suponía que no podía marcharse cuando quisiera.

Una desagradable sensación se formó en su estómago al acercarse a la puerta cerrada. Llamó con los nudillos y prestó atención a cualquier sonido del interior.

No oyó nada.

Trató de girar el pomo y se sorprendió al abrirse la puerta. La curiosidad se unió a su inquietud. Entró y encendió la luz. El dormitorio estaba tan ordenado como su despacho. Parecía una habitación de un hotel, sin ningún toque personal añadido a la extravagante decoración del palacio. Al ver dos maletas abiertas y llenas, se quedó de piedra.

Era cierto que se marchaba. Se le disparó la adrenalina. Al menos, todavía no se había ido o sus maletas no estarían allí. La habitación olía al perfume que solía llevar. Era como si estuviera allí con él.

Miró a su alrededor. ¿Se estaría escondiendo? Cruzó el dormitorio y abrió de par en par las puertas del armario, esperando encontrarla allí. Pero no estaba y tampoco su ropa.

Se sintió furioso a la vez que decepcionado de que fuera a dejarlo de aquella manera. ¿Acaso no significaban nada para ella los seis años que habían pasado juntos?

No se iría sin sus maletas. Tal vez debería esconderlas donde no pudiera encontrarlas como, por ejemplo, en su habitación.

Una extraña sensación de culpabilidad lo invadió. No le gustaba la idea de que supiera que había entrado en su habitación y, menos aún, de que había tomado sus cosas.

Le había dicho que se iría tan pronto como la fiesta terminase. Siendo como era una mujer de palabra, esperaría a que el último invitado se hubiera marchado. Siempre y cuando la encontrase antes de que eso pasase, todo saldría bien. Apagó la luz, dejó la habitación como la había encontrado y se dirigió hacia la escalera con un mal presentimiento. Las maletas hechas no eran una buena señal y no podía creerse que fuera a abandonar Ruthenia y a él.

–Jake, querido, no sabíamos dónde te habías metido –dijo Maxi al pie de la escalera–. El coronel Von Deiter se ha ofrecido a tocar el piano para que bailemos –añadió alargando el brazo a modo de invitación para que abriera el baile con ella.

Desde que llegara a Ruthenia se había sentido como si formara parte de una historia de Jane Austen, en la que la gente se relacionaba en los salones de baile y cuchicheaba ocultándose tras los abanicos. Se sentía más a gusto en las reuniones de negocios que en los salones de baile y, en aquel momento, habría preferido estar dictándole una carta a Andi que dando vueltas con Maxi por el parqué.

–¿Has visto a Andi, mi secretaria?

–¿La muchacha que siempre lleva el pelo recogido en un moño?

Jake frunció el ceño. Aunque no sabía exactamente cuántos años tenía Andi, no le parecía correcto que alguien de veintidós años se refiriera a ella como «muchacha».

–Sí –dijo arqueando una ceja–, siempre lleva el pelo recogido en un moño.

Ahora se daba cuenta de que nunca la había visto con el pelo suelto, algo extraño después de seis años. Una urgente necesidad de verla con el pelo suelto lo asaltó.

–La he buscado por todo el palacio, pero parece haberse esfumado.

Maxi se encogió de hombros.

–Ven a bailar, querido.

Su amigo Fritz apareció detrás de ella.

–Vamos, Jake, no decepciones a una dama. Estoy seguro de que Andi tiene mejores cosas que hacer que estarte atendiendo a todas horas.

–No me atiende a todas horas. Es una empleada muy valorada.

Fritz se rio.

–¿Por eso está siempre merodeando a tu alrededor, pendiente de todas tus necesidades?

Jake se puso tenso. Nunca había menospreciado a Andi. Sabía lo mucho que dependía de ella. ¿Acaso tenía la sensación de que la ignoraba?

Bajó la escalera y tomó la mano que Maxi le ofrecía. Después de todo, él era el anfitrión. Dos valses y una polca más tarde, se las arregló para escabullirse al pasillo.

–¿Tienes idea de dónde está Andi? –preguntó a la primera persona que vio, que resultó ser el mayordomo del turno de noche.

–Hace horas que no la veo. Tal vez se haya acostado.

Era poco probable. Andi nunca dejaba una fiesta hasta que el último invitado no se había marchado. Claro que nunca antes había presentado su renuncia. Estaba a medio camino subiendo la escalera cuando se dio cuenta de que se dirigía de nuevo a la habitación de Andi.

Jake se quedó mirando la puerta cerrada. ¿Estaría dentro? ¿Seguirían sus maletas allí?

Llamó a la puerta y se quedó a la espera de escuchar algún ruido en el interior. Después de comprobar que el pasillo estaba desierto, se agachó y miró a través de la cerradura. La llave no estaba puesta, lo que indicaba que había salido. Por otra parte, la oscuridad del otro lado impedía que pudiera ver nada.

Entró y encendió la luz. ¿Por qué no cerraba la puerta con llave? Las maletas seguían allí. Fijándose bien, una de las maletas había sido revuelta, como si hubieran sacado algo. Pero seguía sin tener idea de dónde estaba Andi.

Se sintió frustrado. ¿Cómo había desaparecido de aquella manera?

Al pie de la escalera, Fritz salió a su encuentro, con un martini en la mano.

—¿Cuándo vas a elegir esposa, Jake? Todos nos estamos impacientando.

—¿Por qué ese empeño en casarme? —gruñó Jake.

—Quedan pocos reyes en el mundo y tú estás soltero. El resto de los hombres estamos a la espera. Ninguna mujer está dispuesta a dejarse besar, menos aún a hacer algo más atrevido por si acaso eso las descalifica para la corona. Ninguna quiere perder la oportunidad de convertirse en Su Majestad.

—Entonces están todas locas. Si alguien se dirige a mí como Su Majestad, lo despediré.

—Fanfarronadas —dijo Fritz dándole una palmada en el hombro—. No me negarás que están a tu disposición algunas de las mujeres más atractivas del mundo.

—Me encantaría que las mujeres más atractivas del mundo se fueran ya. Estoy deseando irme a la cama.

O más bien, deseando encontrar a Andi y acorralarla.

—Aguafiestas —dijo Fritz ladeando la cabeza—. De acuerdo. Reuniré las tropas y haré que desfilen.

—Eres un gran amigo.

Jake vio desaparecer el último Mercedes por el largo camino de acceso del este. Necesitaba despejarse antes de enfrentarse a Andi. Desde allí podía estar seguro de que no se marcharía sin que la viera.

¿De veras soportaría casarse con Maxi, Alia o cualquiera de aquellas ricas y caprichosas cabezas huecas? Se había pasado toda la vida rodeado de aquella clase de mujeres, incluso en Nueva York. Era el ambiente en el que había nacido. Se podría pensar que un rey tendría más opciones que un ciudadano de a pie, pero no era el caso.

Un movimiento en la oscuridad llamó su atención. Entornó los ojos, tratando de distinguir qué estaba cruzando el césped. ¿Sería un animal? Había muchos ciervos en Ruthenia.

Pero aquella criatura era más ligera, más erguida y se movía con más gracia. Dio un paso adelante, tratando de distinguir algo bajo la luz de la luna de una noche nublada. La silueta dio unas vueltas sobre la hierba, haciendo que una tela vaporosa volara a su alrededor.

¿Un fantasma? Se puso rígido. El palacio tenía casi trescientos años y estaba construido sobre unas ruinas aún más antiguas. Aquellos viejos muros de piedra encerraban muchas historias de asedios, decapitaciones y confinamientos en las mazmorras.

La silueta volvió a dar vueltas, extendiendo sus brazos largos y pálidos. Era el fantasma de una mujer.

La curiosidad hizo que saliera al patio y bajara la escalera que llevaba al jardín. Avanzó en silencio por la hierba húmeda, con los ojos fijos en la extraña aparición. Al aproximarse, oyó que cantaba.

Embelesado, se acercó aún más, disfrutando de los elegantes movimientos de la figura y del sonido mágico de su voz. De pronto, reconoció la voz y se quedó de piedra.

–¿Andi?

A pesar de que llevaba el pelo suelto sobre los hombros y de aquel vestido largo y suelto, reconoció a su secretaria, con los brazos extendidos hacia la luna, cantando y bailando en mitad de la noche.

–¿Estás bien? –preguntó acercándose a ella–. ¿Qué estás haciendo aquí fuera?

Andi se quedó quieta y lo miró. Sus ojos brillaban en la oscuridad.

Le costaba creer que fuera ella realmente y no un producto de su imaginación. Se sintió aliviado. Al menos la había encontrado y podrían tener la conversación que llevaba toda la noche ensayando en su cabeza.

–¿Por qué no entramos? –añadió tomándola de la mano.

Seguía pareciéndole un espectro bajo la tenue luz de la luna.

Pero la mano que tomó la suya estaba caliente. Tenía el pelo más largo de lo que se había imaginado, justo hasta los pezones que tanto destacaban bajo aquel vestido tan ligero. Tragó saliva. Nunca antes había reparado en los pechos de Andi. Solía ocultarlos bajo trajes de chaqueta y blusas impecables.

—Tenemos que hablar —dijo tratando de apartar aquellos pensamientos.

Andi le apretó la mano, pero no se movió. Su rostro parecía diferente, como hechizado. Sus ojos brillaban y tenía los labios húmedos y abiertos. ¿Estaría bebida?

—Debes de tener frío.

Instintivamente le tocó el brazo, desnudo con aquel vestido que llevaba. Al acercarse, ella lo rodeó con fuerza por la cintura.

Jake se quedó quieto mientras ella acercaba el rostro hacia el de él. Olía al perfume floral de siempre y no a alcohol. Buscó algo que decir, pero se quedó sin palabras al sentir sus labios cerca de los suyos.

De pronto se encontró besándola en la boca.

Capítulo Dos

Jake la abrazó por la cintura. El gesto fue tan instintivo como respirar. Sus bocas se fundieron y ella se estrechó contra su cuerpo. El deseo se disparó en él, ardiente e inesperadamente, a la vez que el beso se volvía más intenso. Sus dedos deseaban explorar las exuberantes curvas que durante tanto tiempo ella había ocultado.

Pero aquella era Andi, su fiel y sufrida secretaria, no una enjoyada casquivana que tan solo pretendía besuquearse con un rey.

Le costó romper el beso y soltarse de la sorprendente fuerza de sus brazos delgados. Ella frunció durante unos instantes el ceño antes de mostrar una sonrisa en los ojos y en los labios. ¿Por qué nunca antes había reparado en lo guapa que era?

Andi le acarició la mejilla.

–Eres muy bello.

Sorprendido, Jake buscó algo que decir.

–Tú eres muy bella. Yo soy guapo –dijo arqueando una ceja, como para asegurarse de que ambos estaban bromeando.

Ella se rio y al echar hacia atrás la cabeza, su melena se agitó sobre los hombros como una cascada. Volvió a girar otra vez y el vestido marcó sus formas, permitiéndole una sugerente vista de su figura. Nunca antes la había visto con aquel vestido. Largo hasta el suelo e insinuante, era más atrevido que su ropa habitual.

—La felicidad es el súmmum de la dicha —dijo mientras volvía a darse la vuelta para mirarlo.

—¿Cómo? —preguntó Jake frunciendo el ceño.

—La luz misteriosa de la luna y su embrujo maravilloso.

Otra carcajada escapó de labios de Andi, que parecían diferentes sin su habitual carmín de color melocotón.

A menos que se hubiera dado repentinamente a la poesía, a la nefasta poesía, debía de estar embriagada. Aun así, su aliento no olía a nada. Además, ¿no decía siempre que era alérgica al alcohol? No recordaba haberla visto nunca bebiendo.

¿Drogas? Se fijó en sus ojos. Sí, tenía las pupilas dilatadas. Aun así, ¿Andi experimentando con sustancias ilegales? Parecía imposible.

—¿Has tomado algo?

—¿Robar? Nunca te robaría nada. Eres mi amor verdadero —dijo mirándolo a los ojos al pronunciar aquellas palabras.

Sus ojos eran claros y azules como el cielo de verano.

—Me refiero a que si has tomado algo.

«¿Eres mi amor verdadero?».

No había ninguna duda de que estaba alucinando. Sería mejor que la acompañara al interior antes de que intentara volar desde algún balcón o caminar sobre el agua.

—Volvamos dentro.

La rodeó con su brazo atrayéndola hacia él y ella volvió a reírse. Aquella no era la Andi que conocía. Quizá se había tomado algún tranquilizante. No se le ocurría una explicación mejor para aquel extraño comportamiento.

–Hueles bien –dijo ella apretando la cara contra la de él.

Jake se sorprendió, pero se las arregló para seguir caminando. Le hervía la sangre. El cuerpo de ella contra el suyo lo estaba volviendo loco. Andi deslizó un brazo por su cintura y sus dedos se aferraron a él mientras avanzaban.

Tal vez podría conseguir que ambos volvieran a poner los pies sobre la tierra.

–No fue muy amable de tu parte sentarme entre Maxi y Alia.

–¿Quiénes?

Siguieron avanzando por la hierba. Aquellos nombres no la habían hecho reaccionar.

–Maxi y Alia. No han parado de intentar acaparar mi atención.

–Bonitos nombres. No las conozco. Deberías presentármelas alguna vez.

Andi apartó el brazo de la cintura de Jake y salió corriendo por el césped húmedo.

Jake se quedó quieto unos instantes y luego corrió tras ella.

No quería que nadie del servicio viera a Andi en aquel estado, así que la llevó a su suite privada y cerró la puerta con llave. Era su manera de avisar que estaba descansando y que no quería ser molestado.

Andi se puso cómoda, acurrucándose en uno de los sofás.

—La felicidad es muy subjetiva —dijo con aire soñador.

—Escucha, respecto a lo que dijiste de marcharte. He visto tus maletas…

—¿Marcharme? Nunca te dejaría, amor mío.

En su rostro se dibujó una sonrisa y Jake tragó saliva.

—Así que has decidido quedarte.

—Desde luego, por siempre jamás.

—Entonces todo está arreglado —dijo él dirigiéndose al bar, decidido a tomarse un whisky—. Es un alivio. La idea de perderte me asustaba.

Andi se había levantado del sofá y bailaba por la habitación canturreando.

—Algún día encontraré a mi príncipe —dijo dando vueltas sobre sí misma, agitando el vestido—. Algún día amaré a alguien.

Su radiante sonrisa era contagiosa.

Jake dio un sorbo de su bebida. ¿De veras pensaba que había entre ellos algo más que una relación profesional? A pesar de que en aquel momento la idea no le desagradaba, sabía que las cosas podían estropearse una vez se le pasaran los efectos de lo que hubiera tomado.

Sería mejor que se lo recordara.

—Llevamos mucho tiempo trabajando juntos.

Ella dejó de dar vueltas un momento y frunció el ceño.

—Creo que no trabajo.

—¿Tienes la vida resuelta?

Andi bajó la cabeza y se quedó mirando su vestido.

—Sí, eso debe de ser —dijo—. ¿Por qué si no iba a estar vestida de esta manera?

¿Acaso se olvidaba de que era su secretaria?

—¿Por qué te has vestido así?

Nunca antes la había visto con un vestido como aquel.

—Es bonito, ¿verdad? —dijo mirándolo—. ¿Te gusta?

—Mucho —contestó él recreándose en la manera en que la tela envolvía su cuerpo.

Las llamas del deseo ardían dentro de Jake provocándole tormento.

Andi lo tomó por la camisa y tiró de ella. Incluso eso le hizo sentir tensión en la entrepierna.

—¿Por qué no vienes a sentarte conmigo? —le pidió ella dando unas palmaditas al cojín que tenía al lado.

—No creo que sea una buena idea.

—¿Por qué no?

—Es tarde y deberíamos irnos a la cama.

La imagen de ella en su cama inundó su cabeza, sobre todo teniendo en cuenta que estaba en la habitación de al lado. Sus músculos se tensaron.

—Vamos, no seas tonto… Qué extraño, no recuerdo tu nombre —dijo frunciendo el ceño mientras lo miraba.

Jake iba a decírselo, pero de pronto se detuvo.

–¿No sabes mi nombre?

Ella se quedó mirando hacia arriba, como si tratara de recordarlo.

–No, no lo sé.

Jake estaba empezando a preocuparse.

–¿Cómo te llamas tú?

Andi miró al techo, arqueó una ceja y apretó los puños. Su expresión de júbilo pasó a confusión.

–No estoy segura.

–Creo que deberíamos llamar a un médico –dijo él sacando su teléfono.

–¿A un médico? Para qué si estoy bien.

–Deja que te vea. ¿Te has dado un golpe en la cabeza?

–Creo que no.

Jake volvió a guardarse el teléfono en el bolsillo y le palpó las sienes. Sus ojos brillaron al mirarlo. Su perfume lo atormentaba mientras seguía examinándole la cabeza.

–Aquí hay un chichón –declaró tocándolo suavemente–. Vamos a llamar al médico. Quizá tengas una contusión –comentó mientras marcaba–. Siento llamarte tan tarde, Gustav, pero Andi ha debido de caerse y tiene un golpe en la cabeza. Lo que dice no tiene mucho sentido y creo que deberías echarle un vistazo.

Gustav le dijo que tardaría diez minutos en llegar y que no dejara que se durmiera hasta que llegara.

Después de avisar al servicio de que Gustav estaba en camino, Jake se sentó en el sofá frente a ella, dispuesto a averiguar cuánta memoria había perdido.

—¿Cuántos años tienes?

Era curioso que él mismo no lo supiera.

—Más de veinte —contestó ella riéndose—, pero no sé exactamente cuántos. ¿Cuántos años aparento?

Jake sonrió.

—Sería un imbécil si contestara a una pregunta así viniendo de una mujer.

Decidió que lo mejor sería hacer preguntas de las que él supiera la respuesta.

—¿Cuánto tiempo hace que vives aquí?

Ella se quedó mirándolo, con la boca ligeramente abierta, antes de apartar la vista.

—¿Por qué me estás haciendo tantas preguntas estúpidas? Llevo mucho tiempo viviendo aquí contigo.

Su mirada inocente, aunque hambrienta, lo devoró. Al verla acariciar el brazo del sofá, sintió un cosquilleo. Parecía haber perdido la memoria y había asumido que eran una pareja.

Jake respiró hondo. Nunca había habido ningún coqueteo entre ellos, ni siquiera inocente. Prefería mantener separados el trabajo y el placer, teniendo en cuenta lo difícil que era encontrar una buena secretaria. En aquel momento estaba conociendo una faceta distinta de Andi, sorprendente e intrigante.

Ella se levantó, se acercó al sofá donde estaba él y se sentó a su lado. Su muslo rozó el de él, haciendo que se le pusiera la piel de gallina a pesar de la ropa. ¿Era prudente ofrecer a un hombre aquella clase de tentación?

Al menos, se estaba manteniendo despierta.

Andi tomó su pajarita negra y tiró de un extremo. El nudo se deshizo y las cintas de seda cayeron hacia delante, sobre la camisa.

–Así está mejor.

Volvió a reírse y le quitó la pajarita. Después, le desabrochó el primer botón de la camisa. Jake se quedó mirando, sin apenas poder respirar, tratando de contener su excitación. Después de todo, sería descortés apartarla en aquel misterioso y delicado estado.

Cuando empezó a acariciarle el pelo, la incómoda tensión de su entrepierna le hizo reaccionar y se levantó a toda prisa.

–El médico llegará en cualquier momento. ¿Quieres un vaso de agua?

–No tengo sed.

–Aun así, es bueno hidratarse –dijo él.

Se entretuvo llenando un vaso y tuvo cuidado de no rozar sus dedos al dárselo. Sus mejillas y labios sonrosados, la hacían parecer excitada.

Andi tomó el vaso y bebió. Luego lo miró.

–Me siento rara.

Jake soltó un suspiro de alivio. Aquello sonaba más a la Andi de siempre que a la que había estado soltando aquellos extraños epítetos.

–Te sentirás mejor por la mañana, pero no vendrá mal que el médico te eche un vistazo.

Al ver que los ojos se le llenaban de lágrimas, Jake se alarmó.

–Es una sensación muy rara no poder recordar nada. ¿Por qué no recuerdo ni mi nombre? –preguntó mientras una lágrima rodaba por su mejilla.

–Te llamas Andi Blake.

–Andi –repitió ella y volvió a fruncir el ceño–. ¿Es el diminutivo de algún nombre?

Jake se quedó de piedra. ¿Lo era? No tenía ni idea. Habían pasado seis años desde que viera su currículum y no recordaba los detalles.

–No, solo Andi. Es un nombre bonito.

Enseguida se arrepintió de su último comentario, era algo que se diría a un niño de seis años.

–Vaya –dijo ella, y se secó los ojos–. Al menos ahora sé cómo me llamo, aunque ni siquiera me suena familiar. ¿Y si no vuelvo a recobrar la memoria? –preguntó y sus ojos volvieron a llenarse de lágrimas.

–No te preocupes por eso, estoy seguro de que…

Unos golpes en la puerta anunciaron la llegada del médico y Jake suspiró aliviado.

–Adelante.

Andi no dejó de temblar mientras el doctor la examinaba. Ya había estado antes en el palacio y conocía a Andi. Sin embargo, ella no dio muestras de reconocerlo. Por las preguntas que le hizo Gustav, aunque recordaba conceptos generales, no recordaba nada de su vida.

–Andi, ¿nos disculpa un momento? –preguntó el médico, antes de salir al pasillo con Jake–. ¿Muestra cambios de humor?

–Y tanto. No es ella. Parecía muy contenta al principio. Ahora estaba llorando. Creo que está asumiendo la realidad de lo que está pasando.

–Parece un caso de manual de pérdida temporal de memoria –dijo el hombre cerrando su maletín–. Muchas emociones, cambios de humor, pérdida temporal de la memoria. No se me ha presentado un caso nunca, pero la mayoría de las veces se acaba recobrando la memoria.

–¿Cuándo? ¿Cuánto tiempo estará así?

–Podrían ser días o semanas. Hay una pequeña probabilidad de que no llegue a recordarlo todo. No hay ninguna duda de que se ha dado un buen golpe en la cabeza, pero no hay ninguna señal de contusiones o heridas. ¿Tiene idea de lo que ha pasado?

Jake sacudió la cabeza.

–La encontré bailando en el jardín. No vi que pasara nada.

–Asegúrese de que descanse y hágale preguntas para que vaya recobrando la memoria –dijo el doctor, colgándose la bolsa del hombro–. Llámeme para cualquier cosa que necesite.

–Gracias –dijo Jake frunciendo el ceño–. ¿Podría quedar este asunto de la amnesia entre nosotros? Creo que Andi preferiría que la gente no se enterara de lo que está pasando. Es una persona muy reservada.

–Por supuesto –respondió el médico sin poder disimular su extrañeza ante aquella petición–. Por favor, manténgame al tanto de sus progresos.

Jake volvió a su habitación y cerró la puerta con

llave. Andi estaba sentada en el sofá y su humor parecía haber mejorado. Las lágrimas habían desaparecido y sus ojos brillaron alegres al mirarlo.

–¿Viviré?

–Sin ninguna duda. Es tarde. ¿Qué tal si te duermes un rato?

–No tengo sueño –replicó acomodándose en el sofá–. Prefiero jugar –añadió mirándolo con deseo.

Jake abrió los ojos como platos. ¿De veras era la misma Andi con la que había trabajado todos esos años? Era sorprendente descubrir que aquella mujer seductora había estado oculta durante tanto tiempo. A menos que fuera consecuencia del golpe.

Andi se levantó del sofá y lo rodeó con sus brazos por la cintura.

–Te quiero mucho.

Jake le dio unas palmadas en la espalda. Aquello podía durar días, semanas e incluso más.

Se le erizó la piel al besarla en la mejilla.

–Me alegro tanto de que estemos juntos –susurró ella junto a su oído.

Esa era la mujer que tan solo unas horas antes le había anunciado que se iba para siempre. Al menos, la idea quedaba descartada de momento.

El teléfono de Jake sonó y él se tensó.

–Discúlpame –dijo soltándose de su abrazo y sacando el móvil del bolsillo.

El número de la pantalla anunciaba que era Maxi. Se había acostumbrado a llamarlo a deshora, como al amanecer o durante sus ejercicios matinales. Era su manera de intentar monopolizar todo su tiempo. Aun así, quizá se debiera a alguna urgencia.

–Hola, Maxi.

–Jake, ¿sigues despierto?

Su voz le ponía nervioso.

–Ahora sí –contestó–. ¿Qué quieres?

Miró a Andi, que daba vueltas por la habitación haciendo su particular danza de los siete velos.

–Estoy tan impaciente… Solo quería hablar de ti y de mí.

Jake se pasó la mano por el pelo. No tenía ninguna duda de que Maxi no era su mujer ideal. De hecho, podía ser considerada la menos probable a convertirse en reina de Ruthenia, ya que formaba parte de su círculo de enemigos. La había invitado con un propósito, no porque la amara o se sintiera atraído por ella. Tenía sospechas de que su familia estaba relacionada con el tráfico de armas, pero todavía no tenía pruebas suficientes para hacer algo al respecto.

En aquel momento se sentía más atraído por su secretaria que por cualquiera de aquellas caprichosas bellezas de Ruthenia.

De pronto se le ocurrió una idea. Ya que Andi creía que eran pareja, ¿por qué no fingir que era verdad? Tenía que casarse con alguien. Podía anunciar al día siguiente que elegía por esposa a su secretaria.

¿Podía solucionar lo de su matrimonio con tanta facilidad? Andi era agradable, inteligente y práctica, perfecta para una vida ante la atención pública. Conocía la rutina de palacio. Dejando a un lado sus orígenes, que desconocía, era ideal como esposa para un rey.

Hacía años que se conocían y podría decir que hacía tiempo que mantenían una relación, pero que la habían mantenido en secreto.

El anuncio alejaría a los lobos de su puerta para siempre. Andi y él podían casarse, engendrar un heredero, o más de uno, y llevar una vida al servicio del pueblo de Ruthenia. ¿No era eso lo realmente importante?

Andi había deambulado por la habitación y se había tumbado en la cama. Jake sintió que su temperatura aumentaba. Su mirada lo llamó. Deseaba tumbarse a su lado en la cama y disfrutar descubriendo el misterioso lado sensual de Andi.

–Maxi, tengo que colgar. Buenas noches.

–Conozco maneras de pasar una buena noche.

–Nada como dormir. Buenas noches, Maxi.

–¿Cuándo vas a elegir esposa? Mi padre quiere saberlo. No sabe si aportar fondos al nuevo proyecto hidroeléctrico.

Jake se quedó de piedra. De eso se trataba, de dinero y poder. No quería construir Ruthenia con fondos procedentes de actividades ilícitas y prefería compartir su vida con una mujer trabajadora que con una a la que solo le interesara acceder a la monarquía.

–Ya he elegido esposa.

–¿Qué quieres decir?

Jake atravesó la habitación, alejándose del dormitorio en donde Andi estaba echada sobre la cama. Estaba canturreando de nuevo, así que no podría oírle.

–Voy a casarme con Andi Blake, mi secretaria desde hace mucho tiempo.

–Estás de broma.

–En absoluto. Nos conocemos desde hace seis años y nuestra intención es seguir disfrutando el uno del otro durante mucho tiempo más.

Casarse con Andi era algo perfectamente natural y práctico. Estaba seguro de que Andi aceptaría, sobre todo teniendo en cuenta que parecía sentir algo por él.

–La gente va a sentirse muy, muy…

–Feliz por nosotros. Desde luego que te invitaremos a la boda –añadió esbozando una malvada sonrisa.

Maxi siempre se había imaginado como la protagonista del acontecimiento.

–¿Invitarme a la boda? –gritó, obligando a Jake a separarse el auricular del oído–. ¡Eres imposible! –exclamó, y colgó.

Ni siquiera iba a necesitar hacer el anuncio oficial. Maxi haría el trabajo por él. Lo único que le quedaba por hacer era decírselo a Andi.

Capítulo Tres

La luz de la mañana se filtraba por el hueco de las pesadas cortinas de brocado. Acalorada e incómoda, Andi se miró y se extrañó al descubrir que llevaba un vestido largo bajo la sábana. Lo más curioso era que no recordaba por qué.

Se incorporó bruscamente. ¿Dónde estaba?

En la habitación de aquel hombre. Recordó el dulce roce de sus labios en su mejilla. «Buenas noches, Andi», le había dicho.

Andi. ¿Quién era Andi? Tampoco recordaba el nombre del hombre que la había metido en la cama, aunque por alguna razón sabía que lo conocía.

¿Cómo era posible que todo su universo hubiera desaparecido? Se le desbocó el corazón y se levantó de la cama. Se acercó a la ventana y corrió una de las cortinas. La vista le resultaba familiar, colinas verdes salpicadas de ovejas que se extendían hasta las montañas. Al bajar la mirada vio el estanque rectangular del patio. No recordaba haberlo visto nunca desde aquel ángulo.

Pero tampoco recordaba mucho.

¿Andi qué? ¿Cómo era posible que su propio nombre le sonara tan extraño?

Se acercó a la puerta y la abrió con cautela. Al

verlo frente al espejo, abrochándose el último botón de la camisa, contuvo la respiración. Su pelo castaño oscuro estaba peinado hacia atrás, retirado del rostro más atractivo que jamás hubiera visto. Sus ojos cálidos y oscuros se reflejaban en el espejo. Aunque serio, parecía estar de buen humor.

–Buenos días, Andi –dijo Jake girándose–. ¿Cómo te encuentras?

–Bien, creo. Lo cierto es que no recuerdo demasiado.

¿Había dormido con él? El que estuviera vestida parecía sugerir que no. Su cuerpo estaba enviando toda clase de señales extrañas, como palpitaciones y cosquilleos.

–¿Qué recuerdas?

No parecía haberse sorprendido por su anuncio. ¿Acaso sabía lo que estaba pasando?

Jake avanzó hasta ella y le puso una mano sobre el brazo. Al sentir su roce, un escalofrío la recorrió.

–Te diste un golpe en la cabeza. El médico dice que no hay traumatismo.

–¿Cuánto tiempo llevo así?

El miedo se adueñó de su estómago.

–Desde anoche. El médico dijo que no tardarás en recuperar la memoria, como mucho unas semanas.

–Vaya.

Andi frunció el ceño, sintiéndose vulnerable. Allí de pie, con aquel vestido arrugado, no tenía ni idea de quién era o dónde estaba. Lo único que sabía era que se sentía muy atraída por aquel hombre.

–¿Qué tengo que hacer mientras tanto?

–No te preocupes por nada. Cuidaré de ti –dijo él acariciándole la mejilla.

El firme roce de sus dedos hizo que se quedara sin aliento y un estremecimiento de deseo la recorrió.

Frunció el ceño. ¿Cómo preguntar aquello?

–¿Hay algo entre nosotros?

La mirada de Jake hizo que se le encogiera el estómago. ¿Había dicho algo inadecuado? Estaba segura de que había algo entre ellos. Recordaba haberlo besado la noche anterior y el recuerdo del beso hacía que le diera vueltas la cabeza.

–Sí, Andi. Vamos a casarnos –declaró tomándola de las manos.

–¡Oh! –exclamó ella sonriendo–. Qué alivio que te tenga para cuidarme. Me da vergüenza preguntarlo, pero ¿cuánto tiempo llevamos juntos?

–Años –contestó mirándola a los ojos.

–Parece imposible, pero ni siquiera recuerdo tu nombre.

–Jake, Jake Mondragon.

–Así que voy a convertirme en la señora de Jake Mondragon.

Sonrió relajada. Su rostro era amable, a pesar de sus orgullosas y definidas facciones. Era muy guapo y se sentía muy afortunada.

–Por supuesto.

¿Por qué parecía sorprendido? Era lo natural si llevaban juntos tantos años.

–¿Cuánto tiempo hace que nos hemos comprometido?

–Lo hicimos ayer –respondió él–. Todavía no se lo hemos contado a nadie.

–¿Ayer? –repitió ella abriendo los ojos como platos–. Qué casualidad que perdiera la memoria el mismo día. Ni siquiera recuerdo tu proposición.

Andi vio que se le movía la nuez al tragar saliva. Había algo extraño. ¿Cómo era posible que no recordara a su propio prometido? Se sentía desorientada.

–Creo que debería tomármelo con calma durante unos días. No quiero ver a nadie hasta que no recuerde quién soy.

–Me temo que no va a ser posible. La prensa querrá entrevistarnos.

–¿Para hablar de mi memoria?

–No, de nuestro compromiso.

–¿Para qué contárselo a la prensa?

Jake se quedó pensativo unos instantes.

–Teniendo en cuenta que soy el rey de este país, todo lo que hago interesa.

Andi se quedó boquiabierta.

–¿Eres el rey? ¿Cómo nos conocimos?

–Hace años que eres mi secretaria y hemos decidido casarnos.

Le resultaba extraño que otra persona tuviera que darle detalles de su vida, pero, al fin y al cabo, era el hombre con el que llevaba años saliendo y con el que había decidido casarse.

De nuevo le surgieron dudas: si llevaba años con aquel hombre, ¿por qué su sola presencia la excitaba tanto?

Respiró hondo, aunque no fue suficiente para despejar la mezcla de confusión y vacío de su cabeza. Confiaba en recuperar la memoria antes de hacer el ridículo.

–Supongo que debería cambiarme. Me siento estúpida preguntando esto, pero ¿dónde está mi ropa?

Jake se quedó inmóvil unos segundos.

–Espera aquí, te traeré algo.

–No te preocupes, no quiero causarte ninguna molestia. Dime dónde está.

Odiaba sentirse tan desamparada.

–No es ninguna molestia. Siéntate un momento en el sofá. Enseguida vuelvo.

–Supongo que sabes mejor que yo qué me gusta ponerme –dijo ella encogiéndose de hombros–. Aun así, podría ir contigo. Tengo que saber dónde está todo.

–Será mejor que te vistas antes. Enseguida vuelvo.

Salió a toda prisa de la habitación, dejando a Andi inquieta. ¿Por qué insistía tanto para que no saliera de allí? Quizá no quería que nadie se enterara de su pérdida de memoria.

Miró a su alrededor, sintiéndose sola y perdida sin él. ¿Por qué había ido él personalmente? Siendo rey, podía haberle pedido a una doncella que le trajera la ropa. ¿O acaso las cosas ya no eran así? Sin memoria, era difícil distinguir entre los cuentos de hadas y la vida real.

Se acomodó en el sofá y trató de relajarse. Estaba comprometida con un hombre atractivo y atento por el que se sentía muy atraída. Tal vez su vida fuera un cuento de hadas...

Jake avanzó a toda prisa por el corredor, deseando no encontrarse con nadie. No quería que nadie supiera que Andi había estado a punto de irse. Le parecía demasiado... personal.

Estaba seguro de que ella lo habría mantenido en secreto hasta que hubiera aclarado las cosas con él. Le había demostrado a lo largo de los años que era muy discreta y que no confiaba en nadie.

El trabajo era su vida, al menos así había sido hasta que se había cansado. Se estremeció ante la idea de que había estado a punto de marcharse, especialmente ahora que se había dado cuenta de que era la esposa ideal para él. Aquella conveniente pérdida de memoria le daba la oportunidad de dar un giro a las cosas y hacer que se quedara para siempre.

Abrió la puerta y entró en la habitación con una sensación de alivio. Las maletas seguían en el suelo, cerca de la cama. Cerró la puerta y empezó a deshacerlas, colgando la ropa en el armario y guardando algunas cosas en la cómoda. Quería que pareciera que nunca había pensado en marcharse.

Algunas prendas llamaron su atención: un camisón rosa de encaje, unas medias con un liguero... Probablemente, no había tenido ni una sola cita desde que se fueron a vivir a Ruthenia.

Se sintió culpable. Había estado tan ocupada

que no había tenido vida fuera del trabajo. ¿Por qué había asumido que se conformaría?

Dejó sus artículos de aseo personal en el cuarto de baño. Se sentía incómodo. Era como si estuviera hurgando en su intimidad. Tenía un montón de barras de labios y trató de colocarlas en una de las baldas del baño, pero no tenía ni idea de en qué orden las guardaba.

Estaba mucho más guapa sin carmín. Quizá debería tirarlas; nunca se enteraría.

No, aquellas eran sus cosas y no estaría bien.

Tardó más de veinte minutos en deshacer las maletas y colocar todo de manera convincente. Metió las maletas bajo la cama y se detuvo a contemplar su trabajo.

Demasiado perfecto. Sacó un par de medias de un cajón y las dejó sobre la cama. Así estaba mejor.

Cuando estaba a punto de marcharse, recordó que debía volver con algo para ponerse. ¿Con qué le gustaría verla? No, no con uno de aquellos trajes impecables que solía llevar.

Sacó unos pantalones vaqueros del armario. Nunca se los había visto. Eligió una camiseta azul de manga larga para combinarlos y sacó un conjunto de ropa interior negro de encaje que todavía tenía las etiquetas. Las cortó. ¿Por qué no hacerla pensar que llevaba esa clase de prendas a diario?

Envolvió todo en un jersey gris azulado y volvió a recorrer el pasillo, mirando a derecha e izquierda, aliviado de que el palacio estuviera tranquilo a aquella hora.

El rostro ansioso de Andi le dio la bienvenida

al volver a su habitación. Parecía muy diferente a la noche anterior, cuando estaba canturreando y bailando alrededor de la estancia. Estaba sentada en el sofá, abrazada a sus rodillas.

–¿Cómo te sientes? –preguntó deseando relajarse a su lado.

–Nerviosa. Es una sensación extraña no saber nada de mí ni de mi vida. Más que extraña, es aterradora.

Jake ignoró la sensación de culpabilidad que lo invadió. No tenía intención de hablarle de sus planes de marcharse. Lo cierto era que no había visto ningún billete o itinerario de viaje en su habitación. Quizá sus planes no fueran definitivos.

–No te preocupes. Lo recordarás todo. De momento, seguiremos como siempre. ¿Te parece bien?

Ella asintió.

–Te he traído algo de ropa –dijo dejándola en el sofá junto a él.

Andi desenrolló el jersey y se sorprendió al ver las bragas y el sujetador de encaje.

–Gracias.

Ella lo miró un instante antes de volver a reparar en la ropa interior.

Jake contuvo las ganas de verla con aquellas prendas tan sexys.

–Puedes cambiarte en el dormitorio si quieres intimidad. Si prefieres darte una ducha, hay toallas limpias en el baño.

***

Andi cerró la puerta del dormitorio. Si Jake era su prometido, ¿por qué la idea de cambiarse ante él la hacía ruborizarse? Probablemente lo había hecho anteriormente en muchas ocasiones. Toda aquella situación era muy extraña. Su prometido no le resultaba del todo desconocido, pero tampoco alguien con quien tuviera una gran confianza.

También debía de ser bastante incómodo para Jake, aunque no parecía alterado. Quizá fuera una persona que se tomara las cosas con calma. Transmitía un aire de seguridad, una cualidad buena para un rey.

Andi se despojó del arrugado vestido de noche y se metió en la lujosa ducha de mármol. A diferencia del paisaje que se veía desde la ventana, todo lo demás de aquel cuarto de baño le resultaba desconocido, como si nunca antes hubiera estado allí. Quizá la mente fuera selectiva en sus recuerdos.

El agua caliente la relajó y se secó sintiéndose mejor.

Se las arregló para desenredarse el pelo con un peine negro y se echó un desodorante de perfume masculino. Era evidente que no compartían baño al no haber ningún producto femenino en él. Volvió a sentirse intranquila, aunque sin una razón concreta. Seguramente muchas parejas comprometidas dormían en habitaciones diferentes. Y tratándose de un palacio, prestarían más atención al decoro.

La ropa interior que Jake le había llevado la hizo

sonrojarse. ¿Por qué? Al fin y al cabo, era suya. El sujetador le quedaba perfecto y las bragas, aunque eran bajas, resultaban muy cómodas. Enseguida se puso los vaqueros y la camiseta. ¿Y los calcetines y los zapatos? Bueno, ella misma iría a buscarlos. Se echó el jersey sobre los hombros y salió.

Jake sonrió al verla.

—Estás muy guapa.

Andi se encogió de hombros. Aquel atuendo le parecía demasiado informal. No parecía adecuado llevar vaqueros en un palacio real.

—No me has traído zapatos —dijo señalando sus pies descalzos.

—Quizá quería admirar tus bonitos pies.

—Aun así, a mis pies les gustaría encontrar unos zapatos en los que esconderse. ¿Por qué anoche no llevaba? Busqué en la habitación y en el vestidor, pero no encontré ningunos.

—No lo sé —dijo Jake poniéndose serio—. Estabas dando vueltas descalza en el jardín cuando te encontré.

Andi volvió a sentirse nerviosa.

—Así que nos comprometimos y perdí la memoria.

Jake asintió.

—No te preocupes, afrontaremos esto juntos —dijo pasándole un brazo por la cintura.

Andi sintió calor en el vientre. Su olor despertaba en ella agradables sensaciones y se acomodó entre sus brazos. Se preguntó si iba a decirle que la quería, pero él se limitó a besarla suavemente en los labios.

—Supongo que tengo suerte de que haya pasado aquí y de que no esté por ahí dando tumbos sin saber quién soy, como todas esas historias que se oyen en las noticias.

—Es una suerte, desde luego —estuvo de acuerdo él, y volvió a besarla.

Andi se ruborizó y el pulso se le aceleró. Anhelaba acariciarlo bajo la camisa.

Una vez se separaron, ella dio un paso atrás. ¿Eran siempre así de intensos sus besos?

Jake sonrió, relajado y tranquilo. Al parecer, aquello era lo normal. Andi se atusó el pelo, deseando sentirse tan segura como él. El pánico la asaltó ante la idea de encontrarse con desconocidos y fingir que todo era normal.

—¿Podemos mantener nuestro compromiso en secreto?

—¿Por qué? —preguntó Jake abriendo los ojos como platos.

—Para no tener que contestar preguntas sin ni siquiera saber quién soy.

—Me temo que es demasiado tarde —repuso él frunciendo el ceño—. Se lo conté a alguien por teléfono anoche.

—¿A quién?

—A Maxi Rivenshnell. Es una… amiga de la familia.

Andi se quedó pensativa. Aquel nombre le resultaba desagradable. Quizá fuera la manera en que él lo había pronunciado, como si le produjera un mal sabor de boca.

—Quizá no se lo cuente a nadie.

–Sospecho que se lo contará a todo el mundo –comentó él, y se pasó la mano por el pelo–. Pero nada va a impedir que hoy te compre el anillo y que lo elijas tú. Pero antes, déjame que te traiga unos zapatos.

Jake aparcó su Mercedes en el sitio reservado que tenía en la plaza del centro de la ciudad. En la diminuta Ruthenia, no se necesitaban chóferes ni escoltas. Rodeó el coche para abrirle la puerta a Andi, pero ella acababa de cerrarla cuando llegó a su lado.

Había devorado su desayuno de fruta y pasteles en la intimidad de su suite. Al menos, sabía lo que le gustaba comer. Aparte de su evidente confusión, parecía estar bien y relativamente calmada, lo cual era un gran alivio.

Su negativa a anunciar el compromiso era un pequeño inconveniente en su plan para deshacerse de admiradoras indeseadas, pero enseguida se sabría la noticia. Ruthenia tenía su puñado de cotillas y, por una vez, le harían un gran favor.

La tomó del brazo y la condujo al otro lado de la plaza. La luz del sol iluminaba las viejas fachadas de piedra de las tiendas y se reflejaba en los mosaicos del campanario de la iglesia. Las palomas se congregaban alrededor de la fuente, en donde una niña les tiraba migas de pan, y dos perros ladraban alegremente mientras sus dueños charlaban.

–La ciudad –murmuró Andi.

–¿Te resulta familiar?

–Un poco. Es como si la hubiera visto en un sueño más que en la realidad. Es bonita.

–Es fascinante. La vimos juntos por primera vez hace tres años.

–¿No creciste aquí?

–No, me crié en los Estados Unidos, como tú. No llegué aquí hasta que cayó el gobierno comunista tras los escándalos de corrupción y la gente se movilizó para que volviera la familia real. Al principio creí que era porque estaban enfadados, pero luego me di cuenta de que podía ayudar a levantar el país –dijo mirándola a sus intensos ojos azules–. No habría podido hacerlo sin ti.

Se sintió orgulloso al decir aquellas palabras. Era cierto. La determinación y eficiencia de Andi hacían cualquier cosa posible. La perspectiva de seguir adelante sin tenerla a su lado era impensable.

–¿Era buena como secretaria? No recuerdo nada de mi trabajo.

–Ejemplar. Has sido más que mi secretaria, has sido mi mano derecha.

–Supongo que eso es bueno, teniendo en cuenta que vamos a casarnos.

–Desde luego –repuso Jake, y tragó saliva.

¿Cómo reaccionaría cuando recobrara la memoria y descubriera que no había una relación sentimental entre ellos? Contuvo la respiración. Aun así, era lo suficientemente sensata como para darse cuenta de que su matrimonio era lo mejor para Ruthenia.

Además, aquel beso había sido muy ardiente.

De hecho, no recordaba haber experimentado ningún otro beso como aquel.

Tal vez fuera por tratarse de algo prohibido. Nunca se le había ocurrido besar a su secretaria, y todavía le parecía… inadecuado. Probablemente fuera porque no estaba bien permitir que creyera que eran pareja. Pero una vez tuviera un anillo en el dedo, estarían comprometidos de verdad y todo iría bien. Al menos, hasta que recobrara la memoria.

—La joyería está por aquí —le dijo, mientras avanzaban por una estrecha calle adoquinada.

A pesar de su aire antiguo, o quizá precisamente por eso, la joyería era una de las mejores de Europa. Recientemente había recuperado su reputación internacional como parte de la campaña de Jake para dar a conocer Ruthenia. Allí había comprado algunas joyas, regalos para diplomáticos extranjeros y amistades millonarias. ¿Por qué nunca se le había ocurrido comprarle algo bonito a Andi?

Empujó la pesada puerta de madera y la invitó a entrar, incapaz de resistirse a rozar su cintura al pasar a su lado.

—Bienvenido, señor. ¿En qué podemos ayudarle? ¿Quiere alguna pieza de encargo?

Jake se quedó pensativo. Andi podía querer un anillo diseñado a su gusto, pero necesitaba ponerle uno en el dedo cuanto antes para sentirse un hombre honesto. No quería que recuperara la memoria antes de que estuviera preparado.

—Estoy seguro de que ya existe algo impresionante en su tienda —manifestó, y tomó la mano de

Andi–. Estamos buscando un anillo de compromiso.

El viejo joyero abrió los ojos como platos. Luego miró a Andi, antes de volver a apartar la vista.

–¿Debería darles la enhorabuena?

–Por supuesto –respondió Jake, deslizando un brazo alrededor de la cintura de Andi.

–Estupendo –dijo el joyero inclinando ligeramente la cabeza en la dirección de Andi–. Mis mejores deseos para ambos. A tiempo para el Día de la Independencia –añadió, y su rostro se llenó de arrugas al sonreír–. Todo el país estará entusiasmado. Creo que será mejor un diseño a la medida, quizá con el escudo familiar.

–¿Por qué no echamos un vistazo a lo que tiene? –preguntó Jake.

Estrechó a Andi por la cintura y luego la soltó. De repente se dio cuenta de lo mucho que le gustaba abrazarla. Ella no se resistía. Buscaba su cercanía, tal vez para encontrar la seguridad que él le proporcionaba

Una gran bandeja llena de anillos salió de un armario de madera. Jake miró a Andi y vio cómo se le abrían los ojos como platos.

–A ver si les gusta algo de aquí –dijo el hombre suavemente.

Parecía consciente de la importancia del momento. Casi todos los anillos eran de diamantes, algunos solitarios, otros triples, con una gran piedra flanqueada por dos más pequeñas.

Andi inspiró y tomó un sencillo anillo de platino con un pequeño diamante. Lo estudió unos

segundos y luego extendió la mano para probár-
selo.

–Es una sensación extraña. Deberías ponérme-
lo tú –dijo mirándolo tímidamente.

Jake tragó saliva. Le quitó el anillo y lo deslizó
en su fino dedo. Jake sintió un cosquilleo en la
piel al rozarla. El anillo le quedaba bien y resultaba bonito en su mano.

–¿Qué te parece?

Ella giró la mano, haciendo brillar el diamante.

–Bonito.

No quería influir si era ella la que iba a elegir
el anillo.

El joyero frunció el ceño.

–Es un anillo bonito, pero para la familia real,
quizá fuera mejor algo más… atrevido –dijo mos-
trando un diamante bastante más grande, flanqueado por varias piedras más pequeñas.

Era la clase de anillo que llamaba la atención.
Jake tenía que admitir que era más apropiado, da-
das las circunstancias.

Andi permitió que el anciano le quitara el anillo anterior y le pusiera aquel tan llamativo. Su
rostro se iluminó con una sonrisa de satisfacción
al ponérselo en el dedo.

–Precioso, mucho más adecuado para una novia de la familia real, en mi opinión.

Andi ladeó la cabeza y se quedó estudiando el
anillo. A pesar del tamaño de las piedras, resultaba muy elegante en su mano. Jake se preguntó
por qué nunca había reparado en que tenía unas

manos tan bonitas. Hacía años que las veía escribiendo cartas y organizando sus archivos.

–Es un poco exagerado… –dijo ella sin dejar de mirar el anillo–. Pero es bonito –añadió y dirigió la vista hacia Jake–. ¿A ti qué te parece?

–Muy bonito.

Le compraría más joyas en el futuro. Merecía la pena solo por ver cómo se le iluminaba el rostro, además de para apoyar la economía de la nación.

–Vamos a comprarlo y a tomar un chocolate para celebrarlo.

Ella se quedó pensativa unos segundos más, estudiando el anillo en su dedo. Al levantar la mirada, sus ojos azules brillaron confusos. Parecía querer decir algo, pero no delante del joyero. El dueño de la joyería se dio cuenta y se excusó, desapareciendo discretamente tras la puerta que había al fondo.

–Supongo que se fía de nosotros como para dejarnos con toda esta mercancía –dijo Jake sonriendo–. Debe de haber más de un millón de dólares en piedras preciosas en esa bandeja.

–Supongo que la corona inspira confianza –comentó Andi mirándolo–. Todavía me estoy acostumbrando a la idea de que eres un rey.

–Yo también. No estoy del todo seguro de que alguna vez me acostumbre, pero empiezo a encontrarme a gusto en el papel. ¿Qué tal te queda el anillo?

Andi volvió a mirar el anillo.

–Es precioso, pero tan grande…

–El joyero tiene razón. Tiene que ser llamativo. ¿Quieres que la gente me tome por un tacaño? –preguntó, arqueando una ceja.

Andi se rio.

–Supongo que tienes razón –dijo, y frunció el ceño–. ¿No se sorprenderán cuando sepan que vas a casarte con tu secretaria? –preguntó, y se mordió el labio antes de continuar–. Quiero decir… ¿saben que había algo entre nosotros?

–Lo hemos mantenido en secreto. Algunas personas puede que sospechen algo. Pero hemos sido muy discretos, así que para la mayoría será toda una sorpresa.

Andi sintió tensión en los hombros.

–Espero que no se sientan defraudados al ver que no te casas con alguien más… importante.

–No hay nadie más importante que tú, Andi. Estaría perdido sin ti.

Era un alivio decir algo sincero, aunque solo fuera en sentido profesional y no sentimental.

–Supongo entonces que debería elegir el anillo del diamante grande. Si van a hablar de algo, démosles motivos para que hablen.

–Esa es la actitud –dijo Jake.

Tocó la campanilla del mostrador y al momento regresó el joyero.

–Una elección excelente. Les deseo a ambos una vida llena de felicidad.

«Yo también», pensó Jake.

Tenía que improvisar sobre la marcha antes de que Andi se recuperara.

Capítulo Cuatro

Andi parpadeó varias veces al salir de la oscuridad de la tienda. La luz brillante del sol se reflejaba en todo, desde el adoquinado del suelo hasta las crestas de las montañas que rodeaban la ciudad. Sintió frío y se cubrió con el abrigo. Allí al aire libre, el enorme anillo que llevaba en el dedo destacaba aún más y discretamente metió la mano en el bolsillo.

–La cafetería está aquí a la vuelta –dijo Jake tomándola del brazo–. No sé si te acuerdas, pero tienen el mejor chocolate del mundo y te encanta.

Andi volvió a sentirse inquieta ante la idea de que supiera más que ella sobre su vida.

–¿Sueles venir a menudo?

Parecía extraño que un rey frecuentara una cafetería. Claro que tampoco recordaba lo que era normal. Era curioso que recordara cosas como los cuentos de hadas y absolutamente nada de su propia vida.

–Por supuesto. Hay que apoyar a las empresas locales.

No había ninguna duda de que era muy considerado. La tomó del brazo y disfrutó de nuevo de la agradable sensación de sentirse protegida.

¡Qué afortunada era! No tenía ninguna duda de que recobraría pronto la memoria y…

Una moto pasó cerca de ellos en una calle estrecha. El conductor, un hombre con una chaqueta de cuero negro, paró y se bajó con una cámara en la mano.

—Majestad, ¿es cierto que se han comprometido? —preguntó con acento francés.

Jake se detuvo.

—Es cierto.

Andi se sorprendió ante el comportamiento tan atento de Jake.

—¿Puedo hacerles una foto?

Jake tomó la mano de Andi.

—¿Qué dices, Andi? Es su trabajo.

Ella se sintió intimidada. No quería que nadie la viera en aquel estado de confusión y mucho menos que la fotografiara. Tampoco quería montar una escena delante de un desconocido.

Tragó saliva.

—Supongo que está bien —contestó, y se atusó el pelo.

No había tenido tiempo de arreglárselo. Ni siquiera recordaba cómo solía peinárselo, pero Jake le había dicho que estaba bien.

El hombre les hizo unas cincuenta fotos desde diferentes ángulos con un enorme objetivo con el que seguro se le vería cada poro de la piel. Era evidente que Jake estaba acostumbrado a ser el centro de atención y se mantuvo tranquilo y relajado. Incluso propuso unas cuantas poses románticas como si fuera un profesional.

Casi como si aquel encuentro estuviera planeado.

Evitó fruncir el ceño, algo que no quedaría bien en las fotos. ¿Cómo sabía el fotógrafo que estaban comprometidos si lo habían hecho la noche anterior?

Jake puso fin cortésmente a la inesperada sesión de fotos y continuaron caminando por la calle. Él sonreía y saludaba a las personas con las que se cruzaban, todas ellas encantadas de encontrarse con el monarca. Pero al llegar a la plaza vio a dos periodistas más, una mujer con un pequeño micrófono enganchado en la chaqueta y un hombre alto con un cuaderno de notas. Saludaron a Jake sonriendo y le preguntaron si debían darle la enhorabuena.

Andi trató de mantener una expresión neutral mientras en su interior comenzaba a ponerse nerviosa.

–¿Qué se siente al casarse con un rey? –preguntó la mujer.

–Todavía no lo sé. Hágame esa pregunta después de la ceremonia.

–¿Cuándo será eso? –preguntó el hombre.

Andi miró a Jake.

–Lo anunciaremos en cuanto tengamos todos los detalles. Una boda real no es algo que se prepare en dos días.

–Por supuesto –convino la periodista–. Ha cumplido la promesa de elegir esposa antes del tercer Día de la Independencia, que se celebra la semana que viene.

–El pueblo de Ruthenia sabe que soy un hombre de palabra.

Andi se las arregló para no arrugar el ceño. ¿Se había comprometido con ella en el último momento para cumplir su promesa? Era una curiosa coincidencia. El nudo de su estómago se contrajo.

La mujer preguntó si podía ver el anillo de Andi. Ella lo sacó y se asustó al ver que todavía parecía más grande y brillante a la luz del sol. El flash de la cámara se disparó varias veces antes de que volviera a meter la mano en el bolsillo.

Cuando Jake se despidió, el corazón le latía con fuerza y le ardía la cara. Se sintió aliviada al entrar en la cafetería. Se quitó el abrigo y lo colgó de un antiguo perchero de hierro.

–Me alegro de que no hayan hecho ninguna pregunta que no haya podido contestar.

–Los paparazzi son muy educados aquí. Saben que les pondría grilletes si no.

Ella lo miró para asegurarse de que estaba bromeando y sintió alivio al ver un brillo divertido en sus ojos.

–La prensa ha sido útil para dar a conocer mis esfuerzos de llevar al país al siglo XXI. Es bueno mantenerles contentos.

–¿Por qué conocían ya nuestro compromiso? ¿Los habrá llamado esa mujer con la que hablaste?

Andi se sentó en una butaca tapizada. Cerca, ardía el fuego en la chimenea. La cafetería tenía las paredes cubiertas de paneles de madera y había mesas y sillas antiguas en aquel espacio de techos bajos que parecía haberse mantenido inalterado desde 1720.

–Lo dudo. Los periodistas parecen enterarse de todo. Al principio es algo molesto, pero luego acabas acostumbrándote. Quizá nos vieron en la joyería.

–O fue el joyero el que los avisó.

Andi sacó la mano del bolsillo para tomar la carta que le ofrecía el camarero.

–El viejo Gregor es muy discreto.

Jake leyó la carta. Andi se preguntó por qué sabía que podía confiar en el viejo Gregor. ¿Le habría comprado joyas para otras mujeres? El caso era que le había dicho que hacía años que estaban juntos.

Ignoró el arrebato de celos que sintió en su interior. ¿Por qué se habían comprometido de repente después de llevar años saliendo juntos? ¿Tendría algo que ver con la promesa que Jake había hecho?

Por un momento, Andi se sintió cohibida. La gente de las mesas de alrededor los miraba. ¿Cómo decirles que no recordaba su vida?

Él se encogió de hombros.

–Es su trabajo. Vivimos bajo el ojo público –dijo tomándola de la mano por encima de la mesa.

Sus dedos fuertes apretaron los suyos. Ella le devolvió el apretón y disfrutó de la sensación de seguridad que le transmitía.

–Volverás a acostumbrarte.

–Supongo –dijo ella, y miró a su alrededor–. Es tan desconcertante no saber ni lo que es normal… No sé lo que es raro ni inusual.

–Lo que sería raro es que viniéramos aquí y no tomáramos un chocolate caliente. Y para que lo sepas, los gofres con nata y fresas son tus favoritos –la informó Jake, y llamó al camarero para pedirle el chocolate.

–¿Venimos mucho aquí?

Aquel sitio no le resultaba familiar.

–Sí. A menudo traemos aquí a empresarios y visitantes de Estados Unidos puesto que es un lugar muy pintoresco. Ahora que nos hemos comprometido… –dijo, y clavó sus ojos oscuros en ella– solo estamos los dos.

Andi se estremeció al sentir su mirada. Si al menos pudiera recordar cómo era su relación… Parecía que no solían ir a comer fuera a menos que lo hicieran con compañía, lo que era extraño. Una relación secreta.

Debía de ser extraño e inquietante para Jake que se comportara como una persona diferente.

Claro que la situación no parecía ponerle nervioso. Su atractivo rostro tenía una expresión de calma contenida. Era difícil imaginarlo enfadado o molesto por algo. Jake era la clase de persona que se tomaba las cosas como llegaban. Se sentía muy a gusto estrechando su mano, como si le estuviera prometiendo que se ocuparía de ella.

¿Por qué le resultaba tan extraño que un hombre tan guapo y exitoso fuera suyo? Sabía que tenía que compartirlo con un país, pero, cuando las luces se apagaran, sería solo suyo. Su excitación aumentó, mientras que una espiral de deseo ascendía como el humo que escapaba del chocolate.

Jake no dejó de mirarla mientras el camarero les servía las tazas y luego las coronaba con nata. Cuando el camarero se retiró, Jake le besó la mano. Andi sintió que el deseo se disparaba en ella al notar el roce de su boca en la piel, anticipo de lo que pasaría cuando se quedaran a solas.

Andi evitó mirar a su alrededor para ver si alguien había sido testigo de aquel instante tan íntimo. Respiró hondo y se obligó a comportarse con la misma naturalidad que Jake. Sería mejor que se acostumbrara cuanto antes a ser el centro de atención, puesto que iba a pasar el resto de su vida siéndolo.

Eso, si de verdad se casaba con Jake. La idea todavía le resultaba disparatada y muy difícil de creer. Él le soltó la mano y ella aprovechó para tomar su taza y disimular su confusión dando un sorbo. El delicioso e intenso chocolate se deslizó por su garganta, haciéndola entrar en calor.

Todo era perfecto, demasiado perfecto.

Pero ¿por qué tenía la desagradable sensación de que cuando recuperara la memoria iba a descubrir algo horrible?

Andi se fue poniendo cada vez más nerviosa en el camino de regreso al palacio. Por lo que sabía, ninguno de los otros empleados conocía su compromiso.

Salió del coche temblando. ¿Tenía algún buen amigo en quien confiar? Trató de mantener una expresión neutral mientras subían los escalones de entrada.

—Buenos días, señor. Permítame que le dé la enhorabuena —dijo un hombre ataviado de negro que les abrió la puerta antes de que llegaran a ella.

Andi se encogió. ¿Lo sabían todos ya? Las noticias corrían como la pólvora en aquel diminuto país.

—Enhorabuena, Andi. No sé si es adecuado decirte que, como de costumbre, el correo está en tu despacho.

Ni siquiera sabía que tuviera un despacho y mucho menos dónde estaba. Tragó saliva. Esperaban de ella que hiciera su trabajo, a pesar de que no recordaba en qué consistía.

—Gracias.

Atravesó el vestíbulo de entrada con la mano metida en el bolsillo del abrigo. Los rostros le resultaban vagamente familiares, pero no recordaba sus nombres ni si eran amigos además de compañeros. Jake se detuvo a comentar una llamada de teléfono que había recibido y Andi permaneció a la espera, sin saber hacia dónde dirigirse o dónde colgar el abrigo. Lo peor fue cuando una joven pelirroja se acercó a ella, con los ojos abiertos como platos.

—¿Por qué soy la última en enterarme de todo?

Andi se encogió de hombros.

—Ya veo que has decidido no marcharte, después de todo —añadió la pelirroja bajando la voz.

Andi la miró sorprendida.

–¿Marcharme?

Levantó la cabeza para comprobar si Jake lo había oído, pero seguía enfrascado en la conversación a unos metros de ella.

–Deja de hacerte la inocente. Vi las maletas que compraste. Es evidente que ha surgido algo más interesante que un trabajo nuevo.

–No sé de qué me estás hablando.

Nunca antes había hablado con tanta sinceridad. El chocolate caliente daba vueltas en su estómago. ¿Maletas? ¿Un trabajo nuevo? Aquello era extraño. Necesitaba ir a su habitación y ver si podía descubrir algo que pudiera estimular su memoria.

Si supiera cuál era su habitación…

Recordaba cómo volver a la suite de Jake y se sintió tentada a dirigirse hacia allí sin él, solo por apartarse de aquella pelirroja curiosa. Pero, claro, él seguía siendo su jefe y resultaría extraño.

Le quemaba el anillo en el dedo, todavía oculto en el abrigo.

–Yo me encargo del abrigo –dijo un hombre de pelo blanco, acercándose a ella con una percha–. Me pregunto si es pronto para llamarte «Majestad».

–Seguramente –contestó Andi sonriendo mientras se quitaba el abrigo.

Miró a Jake y sus ojos se encontraron. Él debió de darse cuenta de su expresión de súplica porque se apresuró a acercarse a Andi.

–Vayamos a mi despacho.

Tan pronto como llegaron a la escalera, ella le susurró que no sabía dónde estaba su habitación.

—Ahora mismo te la enseñaré —dijo él sonriendo.

El pasillo estaba vacío.

—Ni siquiera recuerdo sus nombres. Es una sensación muy extraña. Deben de pensar que estoy siendo muy descortés.

—Ese era Walter. Trabajaba aquí cuando esto era un hotel y siempre es el primero en enterarse de los cotilleos. Probablemente haga correr la voz.

—¿Este edificio era un hotel?

—Durante una temporada lo fue. Tuvo varios usos mientras mi familia estuvo exiliada en Estados Unidos. Costó mucho trabajo darle este aspecto y tú te ocupaste de casi todo.

Andi se mordió el labio, mientras avanzaban por la alfombra que quizá hubiera elegido ella misma. Jake señaló la tercera puerta de madera de un largo pasillo, a unos metros de la suya.

—Esa es la tuya. No estaba cerrada con llave cuando vine por tu ropa.

Jake giró el pomo y la puerta se abrió. Una confortable habitación que parecía de hotel le dio la bienvenida. El mobiliario de madera era antiguo e impresionante y las cortinas de brocado. Al ver un par de medias sobre la cama, se avergonzó.

—Creo que debería pasar un rato a solas. A ver si así consigo recordar algo.

—Claro.

Jake la tomó suavemente de la espalda, la hizo girarse hacia él y acercó su rostro al suyo. Andi sintió su piel arder bajo la camiseta. Todos sus miedos y preocupaciones desaparecieron unos segundos y se dejó llevar por el beso.

–No te preocupes por nada –dijo él, y señaló hacia una cómoda–. Tienes el teléfono ahí, creo que soy el primero de la memoria –añadió guiñándole un ojo–. Me voy a mi despacho a ocuparme del problema que ha surgido con el suministro eléctrico. Llámame si necesitas algo.

Andi no pudo evitar dejar escapar un suspiro de alivio al cerrar la puerta y quedarse sola en la habitación. Por fin podía… derrumbarse.

Por un lado, quería meterse en la cama, pero por otro, quería abrir cajones y descubrir alguna pista de quién era. Guardó las medias en un cajón, preguntándose si las habría sacado al ponerse aquel vestido de gala. Se había despertado sin medias por la mañana.

El cajón estaba revuelto, como si hubiera guardado todo sin mucho orden. ¿Qué revelaba de ella? Frunció el ceño y abrió el de encima. Tres blusas mal dobladas y un puñado de calcetines no decían mucho a favor de sus dotes de organización.

Abrió el armario. Una variedad de trajes de chaqueta de todos los colores colgaban de las perchas, junto con varios vestidos y faldas. Al menos, no parecía tan desordenado como los cajones. Al azar, sacó una percha de la que colgaba un traje azul entallado. Trató de alisar una arruga horizontal que tenía debajo de las solapas. Otra arruga en una falda le hizo fruncir el ceño. ¿Por qué iba a tener arrugas un traje colgado de una percha?

Sacó otro traje y vio que también estaba arrugado, al igual que un vestido verde y una falda azul y... Se quedó quieta. Toda la ropa del armario estaba arrugada, como si hubiera estado doblada. ¿A qué podía deberse?

Volvió a colgar el traje en el armario y se dirigió al cuarto de baño. El olor a flores le resultó familiar. ¿Sería su perfume favorito? Lo reconocía, luego quería decir que recordaba algo. Animada, examinó los cosméticos que estaban en la repisa inferior. Había muchas barras de labios. Abrió una y se pintó los labios. Era de un color rosa anaranjado que no favorecía en absoluto sus facciones. Volvió a dejarlo en su sitio y se limpió los labios con un pañuelo de papel.

Encontró el frasco de perfume y lo abrió. Se echó un poco en las muñecas e inhaló aquel aroma. Sintió alivio al encontrar por fin algo conocido.

El perfume... y Jake.

Una mezcla de alegría y aprensión la invadió. Era extraño que se hubieran comprometido la misma noche en que había perdido la memoria. No pudo evitar preguntarse si las dos cosas guardarían relación.

Jake era encantador. Había sido muy dulce y atento con ella desde que había perdido la memoria. Tenía suerte de haberse comprometido con un hombre tan agradable y bueno. Se le hacía raro que fuera rey, pero era solo una de sus facetas. No había ninguna duda de que no le incomodaba su estatus, puesto que, si no, no habría surgido una relación entre ellos.

Levantó la mano y se quedó mirando el enorme diamante. Era bonito y le quedaba bien. Se sentiría cómoda con él en cuanto se acostumbrara a llevarlo.

Unos golpes en la puerta la sobresaltaron.

—Soy yo, Livia.

Andi tragó saliva. Al parecer, debía saber quién era Livia. De momento, nadie parecía saber que había perdido la memoria, excepto Jake y el médico. Se atusó el pelo y fue a abrir la puerta.

Era la joven pelirroja que había visto abajo, la que había dicho algo sobre marcharse. Mostraba una enorme sonrisa en su rostro pecoso.

—Qué calladito te lo tenías.

Andi se encogió de hombros, como si lo estuviera admitiendo, a pesar de que no sabía a qué se estaba refiriendo Livia, si al compromiso o a la pérdida de memoria.

—Nunca dijiste una palabra. ¿Cuánto tiempo habéis estado…?

Su tono de voz sonaba conspiratorio en mitad del pasillo.

—Pasa.

Andi tiró de ella y Livia miró a su alrededor. Andi tuvo la sensación de que nunca había estado allí antes, así que aunque quizá no fueran amigas íntimas, podría descubrir algo. Sonrió.

–No queríamos que nadie lo supiera hasta que estuviéramos seguros.

Livia pareció quedar satisfecha con aquella contestación.

–¡Qué romántico! Y después de llevar tantos años trabajando juntos. ¡Nunca sospeché nada!

–A mí también me costó creérmelo.

–Así que las maletas eran para la luna de miel –dijo Livia sacudiendo la cabeza y sonriendo–. ¿Adónde iréis?

–Todavía no lo sabemos.

Jake no había hablado de la luna de miel. Antes tenía que haber boda.

–Esta vez espero no ser la última persona del palacio que se entere. Sé que siempre dices que es parte de tu trabajo mantener la discreción, pero no puedo creer que me haya tenido que enterar de tu compromiso por la radio.

–¿Qué han dicho?

–Que Jake y tú habíais estado esta mañana eligiendo anillos y que les dijisteis a los periodistas que ibais a casaros. Enséñame el anillo –dijo, y tomó la mano de Andi–. Vaya pedrusco. No me lo pondría en el metro de Nueva York.

¿Así que Livia también era de Nueva York? Eso quería decir que probablemente hacía tres años que se conocían. Andi se sintió fatal por no acordarse de ella.

–Imagínate cómo será tu vestido de novia. Seguramente podrás elegir a cualquier diseñador del mundo para que te lo haga. Algunas personas tienen mucha suerte.

Andi estuvo a punto de decir que tenía la mala suerte de no recordar quién era, pero su instinto le dijo que no confiara en Livia. Percibía una envidia o resentimiento que la hacía reacia a confiar en ella.

—Vaya, ahí están las maletas, bajo la cama —dijo Livia señalándolas.

—Estás obsesionada con las maletas.

—Pensé que ibas a marcharte y a dejarnos. Al menos para hacer esa entrevista.

Andi frunció el ceño. ¿Tenía prevista una entrevista de trabajo en alguna parte?

—Había empezado a pensar que, si las dos volvíamos a Nueva York, podríamos compartir apartamento. Supongo que estaba equivocada —dijo la joven pelirroja, y volvió a mirar la mano de Andi.

—Voy a quedarme aquí —declaró ella sonriendo.

Un millón de preguntas asaltaron la mente de Andi, tanto sobre Jake y la vida en el palacio como sobre ella. Pero no sabía cómo plantearlas sin levantar sospechas. Por otro lado, al menos Livia podía ayudarla a llegar a su despacho. Así no tendría que molestar a Jake.

—¿Por qué no me acompañas a mi despacho?

Livia la miró sorprendida y Andi se preguntó si había cometido alguna equivocación. No tenía ni idea de cuál era la función de Livia en el palacio y su ropa, unos pantalones oscuros y una blusa azul de manga larga, no le daba ninguna pista.

—Claro.

Salieron y Andi se mantuvo ligeramente por

detrás de Livia para que llevara la delantera sin darse cuenta. Recorrieron el pasillo en dirección contraria a la habitación de Jake y subieron la escalera hasta el tercer piso. Al llegar, un hombre rubio se acercó presuroso a ellas.

–¡Madre mía, Andi! Enhorabuena.

–Gracias –dijo ella sonrojándose, sin tener ni idea de quién era.

–La cocinera quiere que te pregunte si deberíamos servir pato o pavo el jueves para la cena con el embajador finlandés.

–Lo que prefiera estará bien.

–Se lo diré. Supongo que tienes muchas cosas ahora mismo en la cabeza con…, bueno, ya sabes –dijo el hombre sonriendo–. Todos estamos muy contentos por ti, Andi.

Ella forzó otra sonrisa. Parecía haberse quedado sorprendido por su falta de decisión. Al menos, el compromiso le servía de excusa para estar distraída.

Llegaron a una puerta situada en mitad del pasillo y Livia se detuvo. Andi tragó saliva y giró el pomo, pero sin abrir la puerta.

–Oh, no. Se me ha olvidado la llave. Sigue con lo que tengas que hacer y yo iré a buscarla. Hasta luego.

Livia se despidió con la mano y Andi suspiró. Se fijó en las puertas del pasillo para poder volver sola la próxima vez y regresó a su habitación para buscar la llave. Al encontrar un bolso negro en el fondo del armario, su corazón dio un vuelco.

Ya había descubierto que el teléfono de su habitación era solo de trabajo. No había ningún teléfono personal en la memoria. Había estado llamando uno a uno a todos, dando siempre con bancos o proveedores. En alguna parte tenía que tener otro teléfono.

Deseando ver su cartera y descubrir más cosas sobre sí misma, revolvió en el bolso con ambas manos. Encontró un permiso de conducir de Nueva York a punto de caducar, con una dirección en la calle 81; un permiso de conducir de Ruthenia con un escudo flanqueado por dos aves y un par de tarjetas de crédito, una de un banco estadounidense y otra de uno europeo.

Parecía estar llevando una doble vida, una en Estados Unidos y otra en Ruthenia, pero eso no era extraño entre expatriados. Probablemente tenía varias cuentas abiertas, pensando en regresar antes o después.

El bolso tenía un llavero con dos llaves. ¿Serían las del dormitorio y el despacho? Aparte de eso, encontró un par de barras de labios y un paquete de pañuelos de papel. No había ningún otro teléfono y se sintió decepcionada. Tal vez no tuviera más vida.

Miró el teléfono de la cómoda y se puso nerviosa ante la idea de llamar a Jake. Se sentía más tranquila con él.

Pero no quería molestarlo. Esperaría hasta que de verdad lo necesitara.

Con las llaves y el teléfono en los bolsillos de sus vaqueros, se dirigió a su despacho. Su intuición no se equivocaba y con la llave pequeña abrió la puerta. Como su habitación, el despacho era acogedor e impersonal, sin fotos ni recuerdos sobre la mesa. Le preocuparía ser la persona más aburrida del mundo de no ser porque un rey la había encontrado lo suficientemente interesante como para casarse con ella.

Abrió el ordenador portátil que tenía sobre la mesa. Seguramente allí descubriría información sobre su vida, al menos sobre su trabajo. En la pantalla apareció un mensaje para introducir su contraseña.

Andi gruñó enfadada. Era como si tuviera que buscar la contraseña de su vida. Buscó en su cabeza palabras familiares, pero ninguna de ellas funcionó.

Cada vez se sentía más irritada. Abrió los cajones y lo único que encontró fueron bolígrafos, cuadernos y clips. Aquel despacho no revelaba nada de ella. Era como si cualquier rastro de ella hubiera sido borrado.

Lo que uno haría si fuera a dejar su trabajo.

Aquel pensamiento la alarmó. ¿Había vaciado su despacho en previsión a abandonarlo? Era evidente que al comprometerse con Jake dejaría su trabajo como secretaria, o al menos sufriría un gran cambio. Pero Jake se lo habría mencionado.

Tomó el teléfono y lo llamó.

–Hola, Andi, ¿cómo estás?

Una sonrisa afloró a sus labios al escuchar su voz.

–Confundida –admitió–. Estoy en mi despacho y me siento más confusa que nunca.

–Voy para allá.

Andi dejó escapar un largo suspiro y se guardó el teléfono en el bolsillo. Era desesperante sentirse perdida sin Jake a su lado, pero maravilloso poder llamarlo en cualquier momento. Miró el anillo de su dedo. El enorme diamante brilló a la luz del día.

Al menos, sabía lo que se sentía siendo amada.

Oyó unos golpes en la puerta y corrió a abrirla. Una enorme sonrisa se dibujó en sus labios al verlo.

–Te he echado de menos –murmuró él con voz seductora.

El deseo se despertó en su vientre y sus pezones se pusieron erectos nada más verlo.

–Pasa. ¿Siempre llamas a la puerta de mi despacho?

Parecía extremadamente formal si llevaban años trabajando y saliendo juntos.

–Sí. ¿Preferirías que entrara sin más?

–No lo sé. Supongo que depende de si trato de ocultarte algún secreto.

–¿Me ocultas algo? –preguntó él arqueando una ceja.

–No tengo ni idea –contestó ella riéndose–. Desde luego que, si lo hago, no deben de ser secretos muy oscuros.

–Los secretos oscuros resultan muy intrigantes –comentó él acariciándole la mejilla–. Puede que me divierta descubriéndolos.

Sus labios se rozaron y su lengua le hizo olvidar todos los pensamientos. Ella se estrechó contra él y sintió que la abrazaba. Estar entre los brazos de Jake era la mejor medicina para cualquier malestar que la aquejara.

El traje de Jake ocultaba los músculos, pero eso no impidió que Andi explorara su ancha espalda y sus fuertes bíceps. Sus dedos estaban llegando a la cintura cuando unos golpes en la puerta los obligaron a separarse.

–¿Solemos dejarnos llevar con tanta facilidad?

Jake esbozó una pícara sonrisa.

–¿Por qué no?

Andi miró hacia la puerta.

–No sabré quién es.

–Te ayudaré.

Ella respiró hondo y se dirigió a la puerta.

–¿Quién es?

–Domino –contestó una voz masculina–. Solo quiero echar un vistazo a la agenda de Jake para mañana.

Andi miró a Jake.

–No tengo ni idea de dónde está la agenda –susurró.

–Puedes preguntármelo a mí directamente, Dom –contestó Jake.

Un hombre fornido de pelo oscuro y traje gris abrió la puerta y entró.

–Lo siento, señor Mondragon, no sabía que estuviera aquí. Solo quería saber a qué hora está prevista la llegada de la comisión de Malasia.

Andi prestó atención mientras Jake recitaba los actos que tenía previstos para el día siguiente.

Trató de memorizarlos por si alguien más le preguntaba. No le iría mal usar la memoria. Aun así, no respiró tranquila hasta que Domino se fue.

–Me siento la peor secretaria del mundo. ¿Está la agenda en el ordenador?

–Sí.

–Está protegido con una contraseña y no sé cuál es. ¿La sabes tú?

–No.

–¿Alguna idea de cuál puede ser?

–No. Supongo que hay algunos secretos oscuros entre nosotros –dijo divertido, arqueando una ceja–. Quizá lo tengas anotado en alguna parte.

–Eso es otra cosa –comentó ella frunciendo el ceño–. No hay nada personal, es como si todos los detalles personales hubieran desaparecido.

Jake parpadeó y recorrió con la mirada la habitación.

–A mí tampoco me gustan las cosas personales en el despacho. ¿Por qué no nos tomamos un descanso y damos un paseo por palacio? Al menos así verás dónde está todo.

Andi estaba algo alarmada por la manera tan brusca en que había cambiado de tema.

–¿Sigo siendo tu secretaria? Me refiero ahora que vamos a casarnos.

–Por supuesto –dijo Jake sorprendido–. Estaría perdido sin que tú me organizaras la vida.

Jake volvió a tomarla entre sus brazos. Su perfume, familiar y embriagador, la envolvió.

–El doctor dijo que tu memoria tardaría en volver. Venga, vayamos a dar ese paseo. No tiene sentido enfadarse por algo por lo que no puedes hacer nada.

El palacio era tan grande que seguramente nadie sabía cuántas habitaciones tenía ni cómo llegar a todas ellas. Según le contó Jake, había sido el hogar de varias dinastías y todas ellas habían dejado su huella.

Mientras lo recorrían con la excusa de admirar su decoración, todos con los que se cruzaban les daban la enhorabuena por su compromiso. Andi se dio cuenta de que algunas personas ocultaban su sorpresa. ¿De veras no se habían percatado de la relación que se había fraguado delante de sus narices?

Capítulo Cinco

–Jake, enhorabuena por tu compromiso.

Jake miró hacia el sofá, al otro lado de la suite, en donde Andi estaba tumbada leyendo un folleto sobre turismo en Ruthenia. Desde el otro lado de la línea del teléfono, advertía la acidez de aquel comentario.

–Gracias, Carina.

Era una suerte que no pudiera ver lo contento que estaba de no casarse con ella.

–Ha sido toda una sorpresa. No tenía ni idea de que tuvieras algo con tu secretaria.

–Ya sabes cómo vienen estas cosas. El amor surge cuando menos te lo esperas.

Había explicado lo mismo a otras tres candidatas a reina, así que ya le salía con naturalidad.

–Sí, claro –dijo ella, y carraspeó–. Papá te acusa de haber estado jugando con mis sentimientos, pero le he asegurado que soy una mujer madura y que debería seguir financiando el desarrollo industrial.

Aquellas amenazas también estaban empezando a serle familiares.

–Espero que lo haga. Estamos deseando que volváis a visitarnos esta semana.

Se quedó sonriendo después de colgar el teléfono. De momento, todo iba como esperaba. Oficialmente, ya había elegido a la próxima reina de Ruthenia. Nadie había retirado la ayuda a ningún proyecto clave, ni había amenazado con provocar una revolución. Además, no había ofendido a nadie por elegir a la hija de otro. Al elegir como esposa a su secretaria estadounidense, había ofendido a todos por igual. Así que, de momento, las cosas iban bien.

No entendía cómo no había planeado aquella solución con Andi, antes de que perdiera la memoria.

–¿Por qué no te vienes conmigo al sofá?

Su voz y sus miradas lo atrajeron.

La sangre se le acumuló en la entrepierna y se quedó rígido. Había algunos detalles de su compromiso que debían mantenerse ocultos hasta que Andi recuperara la memoria. Una cosa era fingir estar enamorado de su secretaria y otra hacerle el amor.

–La cena estaba deliciosa, pero sigo teniendo hambre.

Los ojos azules de Andi brillaron. Recogió las piernas y alargó un brazo por el respaldo del sofá. A Jake le asaltó la imagen de la ropa interior que llevaba bajo los vaqueros y la camiseta.

«Se enfadará si te acuestas con ella con pretextos falsos».

Pero ¿de veras eran falsos? Tenía la intención de casarse con ella.

Resultaba curioso. Nunca antes había considerado casarse con nadie. La larga y difícil unión de sus padres, todo obligaciones y ninguna diversión, le había causado rechazo a la institución desde una temprana edad.

Se habían casado porque eran una pareja compatible. Su padre era hijo de un monarca exiliado y su madre, hija de un noble destacado, también exiliado. Enseguida descubrieron que lo único que tenían en común era la sangre azul, pero mantuvieron las apariencias durante cinco décadas con la esperanza de vivir algún día en aquel palacio y volver a utilizar el escudo de Ruthenia en los membretes de sus cartas.

Ambos murieron antes de que el nuevo régimen se desmoronase y Ruthenia decidiera que volviera la monarquía. Jake había asumido el cargo del deber político, pero no parecía razonable o justo esperar de él que también lo asumiera en su dormitorio.

Prefería tener a Andi en su dormitorio. Sus labios resultaban muy deseables con aquella sensual media sonrisa. Y podía imaginarse aquellas largas piernas abrazadas a su cintura.

Pero no era una buena idea. Cuando recobrara la memoria, seguramente se enfadaría mucho por toda aquella situación que él había creado. Se pondría furiosa si también se aprovechaba de sus sentimientos. Sería mejor que mantuvieran las distancias hasta que pudieran hablar civilizadamente.

–¿Quieres que te acompañe a tu habitación?

–¿Por qué? No hace falta que me vaya allí a dormir, ¿verdad?

Andi arqueó una ceja. Se la veía más relajada de lo que nunca la había visto. Era evidente que se sentía cómoda, aunque su memoria todavía no parecía querer volver.

–Creo que deberías hacerlo. Es una cuestión de decoro.

–Estás bromeando –dijo ella entre risas.

–No –replicó sintiéndose algo ofendido–. Es un asunto de la monarquía.

–¿Así que nunca… –insistió ella levantándose del sofá para atravesar la habitación–. No recuerdo detalles de mi vida, pero recuerdo aspectos generales y estoy segura de que es normal que las parejas duerman juntas. Así que no me creo que llevemos juntos varios años y que no hayamos hecho más que besarnos.

Jake se encogió de hombros. Andi tenía razón. Si supiera que solo pretendía protegerla…

–De acuerdo, admito que entre nosotros ha habido… intimidad. Pero ahora que estamos comprometidos y que el compromiso es oficial, creo que deberíamos seguir las reglas.

–¿Las reglas de quién? –preguntó Andi acariciándole la mejilla.

Jake sintió tensión en la entrepierna y carraspeó.

–Esas antiguas reglas de que el rey tiene que mantener las manos apartadas de su futura esposa hasta después de la boda.

–¿Estas manos?

Andi tomó sus manos y se las hizo colocar en sus caderas. Jake sintió que le subía la temperatura al acariciar sus curvas. Ella sacudió las caderas, disparando la sensación de deseo en él.

«Puedo controlar las manos y la cabeza».

Aquel pensamiento no lo tranquilizó, especialmente cuando una de sus manos empezó a deslizarse hacia atrás.

Andi apretó los labios contra los suyos, envolviéndolo con su olor. De pronto, Jake se dio cuenta de que sus manos subían y bajaban por la espalda de Andi, disfrutando de cada una de sus curvas.

Los pantalones se le estrecharon al sentir que Andi oprimía sus pechos contra su torso. Se imaginaba aquellos pechos turgentes bajo el sujetador de encaje. Si le quitaba la camiseta, podría descubrirlo enseguida.

Pero eso podía llevarlos a otras cosas. De hecho, estaba completamente seguro de que así sería.

Rompió el beso haciendo un gran esfuerzo.

—¿No tienes que hacer... algún bordado o algo?

—¿Bordado? —repitió Andi con un brillo divertido en los ojos—. ¿Me gusta bordar?

Él sonrió.

—No que yo sepa, pero ¿qué sabe un hombre de lo que le gusta hacer a su novia en la soledad de su habitación?

—Depende del tiempo que pase él allí. Tal vez deberíamos ir a mi habitación.

Jake se quedó de piedra. Aquella no era una buena idea. Era mejor mantener un comporta-

miento profesional, con la dosis justa de romanti-
cismo para que la gente de alrededor se lo creyera. Al menos, hasta que Andi recobrara el sentido.

Detuvo la mano de Andi a la altura de la cintura de sus pantalones. Se había puesto duro como
una piedra y le resultaba difícil apartarla. Le acarició el pelo. Estaba muy diferente con el pelo
suelto, menos seria y más atractiva.

Andi deslizó sus fríos dedos bajo la camisa de
Jake y le recorrió la espalda. Él se estremeció, y la
estrechó entre sus brazos. La respiración de Andi
se aceleró y separó los labios. Jake no pudo evitar
meterle la lengua en la boca y ella respondió del
mismo modo hasta que empezaron a besarse apasionadamente de nuevo.

–¿Todavía piensas que debería irme a mi habitación? –preguntó ella al separarse para poder
respirar.

–Desde luego que no.

Deseaba llevarse a aquella mujer a la cama, a
pesar de que no fuera una buena idea.

Metió las manos por debajo de la camiseta y
tomó sus pechos, deleitándose con la piel y el encaje que tenía entre sus dedos. Podía sentir los latidos de su corazón, desbocado como el suyo.

–Vamos al dormitorio.

Se deshizo de su abrazo a duras penas y la condujo a la otra habitación. Las impecables sábanas
blancas resultaban un entorno tentador y estaba
deseando tumbarla sobre ellas y desnudarla poco
a poco.

La tomó en brazos y la depositó suavemente sobre la cama.

Al verse tumbada, Andi miró a Jake alarmada. Todo su cuerpo latía excitado. A punto de desabrocharle los botones de la camisa, sus dedos se detuvieron a medio camino. Sus miradas se encontraron. El intenso deseo de los ojos oscuros de Jake provocó que sus entrañas se estremecieran.

Toda aquella situación parecía muy novedosa y diferente.

Las manos de Jake no temblaron al bajarle la cremallera de los vaqueros y quitárselos. Andi sintió que le hervía la sangre y la sensación de inquietud aumentó.

–¿Qué ocurre? –preguntó Jake, y se quedó mirándola.

–No lo sé. Tengo una sensación extraña.

–Déjate llevar.

Tomó el bajo de su camiseta y se la sacó por la cabeza. Bajo el sujetador de encaje, los pezones llamaron su atención. Jake la devoró con la mirada y Andi se sintió deseada, a la vez que muy nerviosa.

Jake se desabrochó la camisa y se la quitó, dejando al descubierto su musculoso pecho y una línea de vello oscuro que descendía hasta la hebilla de su cinturón.

Las dudas de Andi se disiparon.

–Espera, deja que lo haga yo.

Se acercó al borde de la cama y le desabrochó

el pantalón. La sensación de aprensión dio paso a la excitación y el deseo. Al bajárselo, descubrió unos poderosos muslos y unos calzoncillos oscuros.

Ambos en ropa interior, se tumbaron sobre las frías sábanas blancas, piel contra piel. Ella le acarició el pecho con un dedo, disfrutando de la calidez de su cuerpo. Recorrió la curva de su pectoral y siguió bajando hasta donde su erección era evidente bajo la tela de los calzoncillos.

El vientre de Jake se contrajo ante sus caricias.

Andi lo miró a la cara. El crudo deseo de sus ojos la ayudó a olvidarse de sus prejuicios. Sus manos siguieron bajando y al llegar a los calzoncillos tiró de ellos, liberando su miembro. Jadeó y acabó dejándolo completamente desnudo.

–Eres impresionante –susurró ella.

Luego se ruborizó. Su comentario debía de sonar estúpido, teniendo en cuenta que debía de haberlo visto desnudo muchas veces antes.

–Tú eres mucho más impresionante –dijo él acariciándole el costado, desde el sujetador a las bragas.

–Pero tú no me ves como si fuera la primera vez.

–Claro que sí –murmuró él–. Al menos, así lo siento. Nunca me cansaría de mirarte.

Andi tragó saliva. Si los sentimientos de Jake se parecían en algo a la pasión que ardía en sus venas en aquel momento, entonces comprendía por qué todo le resultaba tan estimulante después de varios años juntos.

Jake la rodeó con un brazo y la atrajo hacia sí. Se le encogió el estómago al rozar el suyo y sus senos quedaron oprimidos por su pecho. Andi sintió cómo se le aceleraba la respiración a Jake al bajarle los tirantes del sujetador y acercarse a uno de sus erectos y rosados pezones. Arqueó la espalda y dejó escapar un gemido al sentir la lengua de Jake sobre su delicada piel. Al oírse a sí misma se sobresaltó y se le aceleró el pulso. Hundió los dedos en su pelo y se dejó llevar por las sensaciones que recorrían su cuerpo mientras la chupaba.

–Bésame –le rogó cuando no pudo soportar tanto placer.

Él respondió apretando los labios contra los de ella con tanta intensidad que la dejó sin respiración.

Aferrada a él, lo abrazó con fuerza. Su aroma masculino la embriagaba y el calor de su piel junto a la suya, aumentaba su deseo. Con dedos temblorosos tocó su erección. Jake dejó escapar un gemido al sentir que sus dedos recorrían su miembro y luego se cerraban sobre él.

¿De veras ya había hecho aquello antes? Andi no daba crédito. De nuevo, aquella extraña sensación de inquietud a punto estuvo de apagar su ardor. ¿Adónde la llevarían todas aquellas extrañas e intensas sensaciones?

Jake devoró sus labios una vez más y sus dudas se disiparon ante la fuerza del deseo de sentirlo dentro de ella.

Entre ambos le quitaron las bragas y se colocó sobre ella. Su peso la oprimió durante unos instantes. Luego Jake se levantó sobre sus fuertes brazos y la penetró lentamente.

Andi se arqueó, invitándolo a hundirse más profundamente. Todo su cuerpo ardía ansioso. Clavó los dedos en su espalda cuando por fin lo tuvo completamente dentro y dejó escapar un gemido de placer junto a su oreja.

Jake empezó a besarla por el cuello mientras la embestía una y otra vez, empujándola hacia un misterioso y desconocido océano de placer. Rodaron en la cama, explorándose desde diferentes ángulos e intensificando la unión que había entre ellos. Andi recorrió su cuerpo con las manos, deleitándose con sus fuertes músculos y acariciándolo mientras él se agitaba dentro de ella.

Luego, disfrutó cabalgando a horcajadas sobre él, cambiando el ritmo una y otra vez mientras las sensaciones aumentaban peligrosamente. Jake se colocó de nuevo sobre ella y enseguida perdió el control de su cuerpo e incluso de sus pensamientos mientras una oleada de placer la sacudía. Después, se relajó en los brazos de Jake, exhausta.

—Ha sido…

—Increíble.

—Exacto. ¿Siempre es así cuando hacemos el amor?

—Sí.

—Supongo que eso es bueno –dijo ella sonriendo.

Debía de ser una de las personas más afortunadas del mundo al tener una relación amorosa, y buen sexo, con aquel hombre tan atractivo que resultaba ser un rey.

Ella se estiró sintiendo las pulsaciones de placer en su interior. No podía dejar de preguntarse cómo había acabado comprometida con un monarca tan guapo. Quizá perteneciera a alguna familia aristocrática. Era una sensación muy extraña no saber nada de sí misma. Abrió los ojos y miró a Jake.

—¿Puedes contarme algo de mí?

—¿Como qué? —dijo él sonriendo.

—Mis orígenes, las cosas que me gusta hacer, ese tipo de cosas.

Él frunció el ceño, sin dejar de sonreír.

—No sé por dónde empezar.

—¿Qué tal si lo haces por el principio? ¿Nací en Nueva York?

—No, te mudaste allí después de la universidad —la informó, y la besó suavemente en la mejilla—. Empezaste a trabajar para mí nada más graduarte.

—¿Qué estudié en la universidad?

—No recuerdo exactamente, creo que algo relacionado con la literatura. O quizá francés. Recuerdo que hablas muy bien francés incluso sin haber estado nunca en Francia.

No era tan extraño que no supiera lo que había estudiado. Al fin y al cabo, se habían conocido después.

—¿A qué universidad fui?

—A… A alguna de Pensilvania.

—¿No recuerdas a qué universidad fui? Estás tan mal como yo. ¿Dónde me crie?

Jake se chupó los labios.

—Desde luego que en Pensilvania. Quizá en Filadelfia. ¿O era Pittsburgh?

—¿Nunca hemos ido allí juntos?

A Andi se le estaba formando un nudo en el estómago y se incorporó sobre un codo.

—No, nuestra relación siempre ha sido muy discreta.

—Así que no conoces a mi familia.

De nuevo, Andi sintió aquella sensación de angustia.

—No, aunque tienes padres y una hermana en alguna parte. Os veis en vacaciones.

—¿En Pensilvania?

—Creo que sí.

Era extraño que no recordara nada. Tampoco de Pensilvania. Y era inquietante que Jake supiera tan poco de ella. ¿Nunca habían hablado de su pasado?

—¿Cómo se llama mi hermana?

—No lo sé.

—Supongo que no suelo hablar de ella.

Tal vez su hermana y ella no estuvieran unidas. Lástima. Quizá intentara arreglar su relación en cuanto recuperara la memoria.

—¿Y mis padres? ¿Sabes cómo se llaman o dónde viven? Podríamos hablar con ellos a ver si me ayudan a recuperar la memoria.

—Supongo que podríamos obtener esa información en alguna parte.

—Seguramente estará en mi ordenador. Si pudiéramos averiguar mi contraseña.

–Ya nos ocuparemos de eso por la mañana –dijo Jake estrechándola contra él–. Ahora, disfrutemos el uno del otro.

Andi suspiró y se dejó abrazar.

–Tienes razón. ¿Por qué agobiarse por algo que no puedo controlar?

Pero ni siquiera entre sus brazos podía dejar de pensar en lo mucho que deseaba recuperar la memoria y su pasado. ¿Cómo seguir adelante, o incluso vivir el presente, sin saber quién era?

Después de desayunar, Jake dejó a Andi en su despacho para que revisara sus archivos. Parecía nerviosa por no poder hacer su trabajo al no recordar los detalles de la vida en palacio. Jake pensó que él también debería estar preocupado, ya que el principal objetivo de casarse con ella era mantenerla a su lado para que todo siguiera funcionando. Pero por alguna razón, el palacio seguía su curso y él estaba disfrutando de su compañía mucho más de lo que se había imaginado.

¿Cómo podía llevar seis años trabajando con ella y no saber dónde vivía su familia? Tampoco había podido decirle el nombre de su hermana.

Se dirigió a su despacho con la intención de averiguar la información que debería saber simplemente por el tiempo que hacía que se conocían. Trabajaban todo el día juntos. ¿No hablaban de otra cosa que no fuera trabajo?

A Andi se le daba bien mantener la concentración y no perder el tiempo. Resolvía los asuntos con tanta entrega y dedicación que no dejaba tiempo para el descanso. Siempre le había gustado de ella su profesionalidad y la manera de enfrentarse a las cosas.

Pero ahora se daba cuenta de que no había disfrutado de su compañía en todo ese tiempo. Era más compleja de lo que creía, más vulnerable y misteriosa, y no solo por su pérdida de memoria. Nunca la había visto como una persona, con sus sentimientos y necesidades, porque se había preocupado de hacer muy bien su trabajo y de ocultar esa faceta personal.

Y nunca había reparado en lo atractiva que era. Eso también lo había ocultado.

Cerró la puerta de su despacho y se acercó al armario en el que se guardaban los expedientes del personal. Gracias a la impecable organización de Andi, rápidamente encontró su expediente y sacó el currículum que había presentado al solicitar el empleo cuando él era solo un empresario.

Se había graduado en la universidad de Drexel en Pensilvania, en Administración de Empresas. Su primer trabajo había sido con él. Había estudiado en el instituto de North Hills de Pittsburgh. Tenía que felicitarse por haber elegido una trabajadora tan prometedora, a pesar de su poca experiencia.

Pero aquello no le daba ninguna pista para averiguar más de su pasado ni para ayudarla a recuperar la memoria.

¿De verdad quería que la recuperara? Si lo hacía, sabría que su relación había sido estrictamente profesional y todo aquel asunto del compromiso, una invención suya.

Se sintió incómodo, amenazado por la sensación de satisfacción y felicidad que había invadido su mente y su cuerpo desde el encuentro de la noche anterior.

Andi era fantástica entre las sábanas. Nunca se había imaginado que su discreta y remilgada secretaria escondiera tanta energía y pasión bajo su impecable aspecto. Incluso parecía diferente sin su máscara de maquillaje y sus recogidos. La verdadera Andi era dulce, sexy e irresistible.

El deseo volvió a despertarse en él, contrayendo sus músculos, al recordarla entre sus brazos aquella misma mañana. Guardó el currículum en su expediente.

Quizá no recuperara la memoria. No pudo evitar pensar que la mujer con la que había compartido su cama era la verdadera Andi, que había estado escondida durante todo el tiempo a la espera de una oportunidad para quedar libre.

Andi suspiró de alegría. Por fin había dado con la contraseña de su ordenador. Un misterioso listado de palabras escrito a lápiz en el cajón parecía no tener sentido hasta que empezó a escribirlas una a una.

Queen había resultado ser la clave para desbloquear su disco duro y seguramente toda su vida. Era curioso. Probablemente había elegido esa palabra sabiendo que pronto se convertiría en reina.

Esa idea la paralizó. La reina Andi. No sonaba del todo bien, pero, aun así, acabaría acostumbrándose. Quizá Andi fuera el diminutivo de un nombre más majestuoso, como Andrómeda o algo así.

Sus latidos se aceleraron mientras el ordenador abría su cuenta y mostraba una pantalla llena de iconos. Tenía delante muchos ficheros, algunos con nombres de países y otros con nombres de empresas. No sabía por dónde empezar. Un sonido de la máquina anunció la llegada de cincuenta y tres correos electrónicos e hizo «clic» en el icono correspondiente. Nerviosa, revisó el último que había abierto. Era la reserva de un billete de avión entre Múnich y Nueva York para Andi Louise Blake. Así que no se llamaba Andrómeda. La fecha para el viaje era… el día anterior.

Se le heló la sangre en las venas. Le costaba respirar. Evidentemente, no se había ido de viaje. Si hubiera sido un viaje de trabajo, Jake lo habría sabido. De Múnich, tal vez el aeropuerto internacional más cercano, a Nueva York, donde había vivido…

Tenía pensado marcharse.

Con la cabeza dándole vueltas, se reclinó en su silla. ¿Para qué iba a marcharse si estaba enamorada y a punto de comprometerse?

Le preguntaría a Jake. ¿Por qué preocuparse si podía tratarse de un viaje de trabajo cancelado en el último momento debido a su pérdida de memoria o a su compromiso?

Andi miró el anillo con una sensación de inquietud. No había encontrado explicación al hecho de que su ropa estuviera arrugada como si hubiera estado doblada. Debía de haber cambiado de opinión y deshecho las maletas en algún momento, pero ¿cuándo? ¿Y por qué Jake no sabía nada de sus planes de viaje?

¿Le habría dado un ultimátum para forzarlo a que le pidiera matrimonio?

Tragó saliva y empezó a morderse las uñas. Se le había encogido el estómago. Quizá debería revisar su correo electrónico antes de hablar con Jake.

Era difícil leer estando tan nerviosa. Sus ojos no dejaban de recorrer la pantalla. La mayoría de los mensajes tenían que ver con el trabajo: respuestas a invitaciones, planificación de audiencias y esa clase de cosas.

Tenía uno bajo el título de *¿Qué está pasando?*, de una tal Lizzie Blake, que llamó su atención. Blake, su mismo apellido. Con el corazón en un puño, lo abrió.

Andi, sé que me dijiste que no te mandara mensajes personales a esta cuenta, pero te he estado llamando y no me has contestado. Ayer vimos en las noticias que ibas a casarte con Jake Mondragon, tu jefe. ¿Es cierto? ¿Cómo es que no nos lo has contado? Por lo que me habías contado últimamente, pensé que ibas a dejar el trabajo. Mamá está muy disgustada por que nos lo hayas ocultado. Recuerdo que hace años nos dijiste que tu jefe era muy atractivo, pero nunca mencionaste que estuvieras saliendo con él. Bueno, llámame tan pronto como pue-

das y dime si tengo que comprarme un vestido para una boda real. Besos, tu hermana.

Andi se echó hacia atrás, asombrada. Tenía una hermana llamada Lizzie, que no sabía absolutamente nada de su relación con Jake y que la había estado llamando. Debía de tener otro teléfono en alguna parte que usaba para las llamadas personales.

Revisó el resto de correos electrónicos, pero no había ningún otro personal.

¿En dónde tendría el otro teléfono? Volvió corriendo a su habitación. Sentía una mezcla de culpabilidad y dolor. Aquella misma mañana había estado entre sus brazos y había disfrutado tanto que no le había importado no tener recuerdos.

Ahora estaba llena de dudas y sospechas. Se cerró con llave en su habitación y empezó a revisar de nuevo el armario y los cajones. Por fin, en el bolsillo trasero de unos pantalones negros, encontró un teléfono plateado. Estaban algo arrugados en las caderas y las rodillas, así que probablemente se los había puesto poco antes de perder la memoria.

Abrió el teléfono y revisó los últimos mensajes. Había tres de Lizzie y uno de su madre, en el que parecía enfadada. Instintivamente apretó el botón para marcar el número.

—¡Andi!

—¿Mamá? ¿De veras eres tú?

—Por supuesto que soy yo. ¿Qué demonios está pasando?

–No lo sé. He perdido la memoria.

–¿Cómo?

–Jake me encontró fuera bailando y no recordaba nada. No me acordaba de Lizzie ni de ti hasta que vi un correo electrónico suyo y los mensajes del teléfono.

–Dios mío, eso es terrible. ¿Estás bien?

–Más o menos. Es una sensación rara y da miedo, pero no estoy enferma ni herida.

–Menos mal. ¿Ya has recuperado la memoria? –preguntó.

Andi parpadeó. Una imagen borrosa de una mujer enérgica de pelo castaño y brillantes ojos azules se formó en su cabeza.

–Creo que ahora mismo estoy recordando algo. ¿Tienes los ojos azules?

–Claro que sí. Los heredaste de mí. ¿Se te había olvidado el color de mis ojos?

–Se me había olvidado que existieras. Ni siquiera sabía mi nombre. Pero estoy recordando cosas mientras hablo contigo.

Otras imágenes aparecieron en su cabeza: un hombre de pelo cano y amable sonrisa, y una rubia de largos rizos y sonoras carcajadas.

Por fin empezaba a tener una identidad y un pasado. Los detalles fueron surgiendo uno tras otro: el hogar donde se crió, su colegio, su viejo perro Timmy...

–¿De veras vas a casarte con tu jefe?

La voz de su madre la devolvió al presente.

Andi se quedó de piedra. Aquello no lo recordaba.

–Dice que nos comprometimos justo antes de que perdiera la memoria, pero no me acuerdo.

–¿Le quieres?

–Sí, siempre le he querido –contestó Andi convencida–. Hace años que le quiero.

–Nunca dijiste una palabra. Ni siquiera sabía que hubiera algo entre vosotros.

Andi parpadeó. Los recuerdos que llenaban su cabeza no mostraban ninguna imagen romántica de Jake y ella. Tenía muchas imágenes trabajando con él, pero mientras hacía memoria a la búsqueda de alguna señal de que entre ellos hubiera una relación, se dio cuenta de la terrible realidad.

–Eso es porque nunca ha habido nada entre nosotros.

Capítulo Seis

La reacción de su madre obligó a Andi a poner una excusa para colgar. Necesitaba a alguien que pudiera contestar preguntas, no hacerlas. Su instinto le dijo que llamara a su hermana, Lizzie.

—¡Majestad!

—Lizzie, no vas a creerte lo que está pasando.

—Tienes razón. No me lo creo, así que vas a tener que contármelo con detalles. ¿De verdad vas a casarte con tu jefe?

Andi se mordió el labio.

—No lo sé. Es algo muy extraño. Perdí la memoria y desde entonces, estoy comprometida. Pero he empezado a recobrar la memoria tras encontrar un correo electrónico tuyo, y no recuerdo nada de haberme comprometido con él.

—Ni siquiera me habías dicho que estuvieras saliendo con él.

—Yo tampoco lo recuerdo. Sí recuerdo sentirme atraída por él desde hace años, pero de ahí no había pasado. Ahora de repente me encuentro comprometida y no tengo ni idea de lo que está ocurriendo.

—¿Qué te ha contado él?

Andi resopló.

—Todavía no hemos hablado. Estoy empezando a recuperar la memoria y él todavía no lo sabe.

–¿Recuerdas que te pidiera que te casaras con él?

Andi se quedó pensativa unos segundos.

–No, no lo recuerdo –dijo llevándose la mano al chichón de la cabeza–. Debí de caerme y darme un golpe en la cabeza –añadió, y recordó la reserva de billete de su ordenador–. ¿Te comenté algo de volver a Estados Unidos?

–¿Te refieres a Navidad?

–A volver para quedarme. Creo que había pensado marcharme de aquí. Tenía un billete para Nueva York.

–¿Y no recuerdas por qué?

De repente empezó a recordar.

Tenía intención de marcharse. Quería irse porque estaba harta de amar a Jake mientras él no dejaba de seducir a otras mujeres con la excusa de su deber. Porque lo amaba y sabía que nunca sería suyo.

Sintió un dolor punzante en el pecho. ¿Cómo tras seis años deseándolo se había comprometido con él de la noche a la mañana? Faltaba un pieza en aquel rompecabezas y no tenía ni idea de cuál era.

–Entonces, ¿vas a casarte con él o qué?

La voz divertida de Lizzie la sacó de sus pensamientos.

–Sí –contestó frunciendo el ceño–. Al menos, eso creo.

–Bueno, lo he leído en los periódicos, así que

debe de ser verdad. Por cierto, te he visto en una foto con un pedrusco enorme en la mano. ¿Es auténtico?

Andi se quedó mirando las piedras preciosas de su dedo.

—Sí, es de un joyero de aquí. Jake me lo compró ayer.

—Yo creo que es oficial. ¿Es bueno en la cama?

Andi se quedó boquiabierta.

—Venga, yo te lo contaría. ¿O es que los noviazgos reales no incluyen sexo?

—Es increíble —contestó Andi sonriendo.

—Ya, eso me parecía. He visto fotos de él y es muy guapo. Me encantan sus ojos oscuros. ¿Es romántico?

—Mucho. Está siendo muy atento conmigo desde que perdí la memoria. Lo hemos mantenido en secreto hasta ahora. Mamá y tú, y el médico al que avisó, sois los únicos que lo sabéis.

—¿Por qué mantenerlo en secreto?

—Supongo que porque me sentía vulnerable. Toda la gente que me rodea sabe más de mí que yo y no quería que se enteraran. Pero ahora lo estoy recordando todo. Aún no recuerdo detalles, como el trabajo que hago, pero sí lo principal, como a quién conozco y de dónde soy y…

«Lo mucho que he amado siempre a Jake».

¿De veras iban a casarse y ser felices para siempre? Parecía demasiado bonito para ser cierto.

—Así que vas a convertirte en reina. ¿Tendré que hacerte reverencias?

—Espero que no —dijo Andi riendo—. Es una sensación extraña. No me imagino con una corona.

–Será mejor que vayas acostumbrándote a la idea. ¿Puedo ser tu dama de honor? Quizá no las haya en Ruthenia.

–No tengo ni idea. Nunca he organizado una boda ni he prestado atención a aquellas a las que he asistido.

De pronto recordó a las otras candidatas a esposa de Jake. Alia, Maxi, Carlotta, Liesel… eran muchas. Ricas, guapas y complacientes. ¿Por qué entre tantas mujeres poderosas y con glamour, Jake la había elegido a ella?

Era hora de ir a buscarlo y de hacerle algunas preguntas.

Después de prometerle a Lizzie que la llamaría para contarle los detalles, Andi fue al baño y se miró al espejo. Sus cosméticos estaban dispersos sobre una estantería, no de la forma en que solía colocarlos. También recordaba que solía recogerse el pelo en un moño y aplicarse gel. Siempre estaba probando diferentes marcas puesto que el clima de Ruthenia era muy húmedo. Ahora llevaba el pelo suelto sobre los hombros y se veía pálida sin el carmín y el colorete que solía aplicarse.

Al echar un vistazo en su armario, recordó que era una entusiasta de los trajes de chaqueta. Le parecía importante proyectar una imagen profesional y le gustaban los colores vivos por resultar atrevidos y optimistas. En aquel momento llevaba un conjunto de blusa y pantalones en un tono amarillo pastel, y el pelo suelto. La gente debía de haber notado la diferencia.

En parte se sentía avergonzada por haber estado paseándose por el palacio con un aspecto más relajado y se preguntó si a Jake le gustaría aquella imagen menos cuidada. Él le había elegido los vaqueros y la camiseta que se había puesto el día anterior.

Se sonrojó al recordar que también le había elegido la ropa interior. Miró en el cajón de la ropa interior y confirmó que su estilo era de bragas de algodón y sujetadores sencillos.

Aun así, si a Jake le gustaba la lencería atrevida y los vaqueros, podía acostumbrarse. No pudo evitar aplicarse un poco de colorete en las mejillas. Se veía pálida. Pero en vez de usar carmín, se aplicó brillo labial y se dejó la melena suelta. Quizá no estaba tan mal, después de todo.

Respiró hondo y se dirigió al despacho. Tenía el pulso acelerado cuando se asomó por la puerta abierta. Jake estaba conversando con un hombre que al instante recordó que era el ministro de economía. Jake alzó la mirada al verla y enseguida cambió su expresión, como si hubiera sabido al instante que había recobrado la memoria.

Andi se esforzó en mantener la calma mientras la conversación continuaba durante un par de minutos más. No sabía qué había realmente entre ellos. Recordaba prácticamente todo de su vida, excepto una relación con Jake.

Jake cerró la puerta después de que el ministro se marchara y se giró hacia ella. De nuevo advirtió por su expresión que sabía que algo había cambiado.

–Estoy recuperando la memoria.

Se preguntó cuál sería su reacción. ¿La tomaría entre sus brazos loco de alegría?

Jake no se inmutó.

–Es estupendo –dijo, y se quedó a la espera de que Andi dijera algo más.

–Todo empezó cuando leí un correo electrónico de mi hermana. Luego llamé a mi madre y eso hizo que algo saltara en mi mente y los recuerdos empezaron a aflorar.

–Qué alivio –repuso él sin mucho ímpetu.

Andi miró el anillo, que parecía arderle en el dedo.

–Es extraño. Recuerdo haber trabajado para ti durante años, pero no recuerdo lo nuestro.

Jake se acercó a ella y tomó su mano.

–Seré sincero contigo.

Andi sintió que el pulso se le aceleraba y el pánico se apoderó de ella.

–¿Sobre qué?

–No había nada entre nosotros. Nuestra relación era estrictamente profesional hasta hace dos días.

–¿No estábamos saliendo? ¿Ni siquiera en secreto?

Su corazón latía con fuerza.

–No.

Andi tragó saliva y sintió una opresión en el pecho. El ostentoso anillo parecía pesarle en la mano y notó que se quedaba sin fuerzas.

–¿Así que el compromiso es falso? –preguntó asustada–. ¿Es fingido?

–No –contestó Jake ladeando la cabeza.

–¿Podrías ser más explícito?

–Es difícil de explicar –respondió él frunciendo el ceño–. Ibas a marcharte y no quería que lo hicieras. Me estaban presionando para que eligiera esposa y entonces perdiste la memoria. De repente me di cuenta de que eras la mujer ideal para ser mi esposa.

Andi trató de encontrar sentido a sus palabras.

–Entonces, ¿estamos comprometidos?

–Desde luego.

–Pero no me quieres.

Jake tragó saliva.

–El amor es algo que surge con el tiempo. Estoy seguro de que tendremos un matrimonio feliz y próspero. Lo importante es conseguir estabilidad para Ruthenia y, juntos, podemos conseguirlo.

Andi no podía respirar. El hombre de sus sueños, aquel con el que había fantaseado durante seis años, quería casarse con ella.

Porque sería un miembro imprescindible de su equipo.

–¿No hubiera sido más fácil subirme el sueldo?

–Lo intenté –dijo él arqueando una ceja.

–¿Y dije que no? Espera. Ahora recuerdo haberte dicho que no. Seguro que estabas convencido de hacerme cambiar de opinión –declaró, y se le empañó la vista–. ¿Y de veras crees que accedería a seguir con este plan tan absurdo?

—Eres comprensiva y práctica. Estaba seguro de que lo entenderías.

—¿Pasar el resto de mi vida con un marido que no me ama? Ni siquiera te habías dado cuenta de que era una mujer.

Una imagen de cuando hicieron el amor se formó en su cabeza. Entonces sí se había dado cuenta. Pero quizá se había imaginado que era una de aquellas glamurosas mujeres que siempre lo habían perseguido.

—Mis padres se casaron porque ambas familias era nobles exiliados de Ruthenia. Estuvieron casados casi cincuenta años.

Los padres de Jake habían muerto antes de que él la conociera. Lo único que sabía de ellos era que habían formado parte de la élite de Nueva York.

—¿Fueron felices?

—Por supuesto.

—No pareces muy convencido. ¿Se querían?

—Formaron un buen matrimonio y consiguieron engendrar un heredero dispuesto a subir al trono de Ruthenia cuando llegara el momento.

—Es una suerte que accedieras. Habría sido una lástima malgastar cincuenta años de tu vida y que tu hijo hubiera preferido dedicarse al patinaje. ¿De veras creías que estaba dispuesta a seguir tu plan?

—Sí.

Su tranquilidad la desesperaba. Seguía creyendo que accedería a cumplir sus planes. Evidentemente, no le importaban sus sentimientos.

–Nos hemos acostado.

Su cuerpo seguía vibrando después de aquella noche tan increíble. La pasión que habían compartido debía de haber sido fingida por Jake, pero para ella había sido dolorosamente real.

–No era mi intención que eso ocurriera. Supongo que estarás furiosa por haberme aprovechado de la situación.

–Tienes razón, lo estoy.

Se sentía devastada. Debía de haberle resultado divertido que se arrojara a sus brazos con tanta facilidad.

–¿No te parece mal acostarte con una empleada?

–No –contestó él entornando los ojos–. No quería acostarme contigo hasta que no te hubiera explicado la situación.

–¿Hasta que no me explicaras que necesitabas una esposa y que me tenías a mano?

Todavía no podía creer que se hubiera aprovechado de ella. Evidentemente, no respetaba sus sentimientos ni sus deseos. Un escalofrío la recorrió y se rodeó con los brazos.

–Te sentías confusa después de perder la memoria. No quería complicar las cosas sabiendo que no estabas en condiciones de tomar una decisión tan importante.

–Así que la tomaste por mí.

–Me conoces lo bastante bien como para confiar en mis decisiones.

Andi trató de controlar su ira.

–Confío en tus decisiones en asuntos de trabajo, pero no en lo que a mi vida personal se refiere. Sabías que quería irme porque no me sentía realizada.

No quería admitir que no soportaría ver cómo se casaba con otra mujer. Jake había dado por sentado que estaría encantada de que hubiera tomado la decisión de casarse con ella.

–Es muy arrogante por tu parte dar por sentado que me casaría contigo.

–Sé que eres capaz de asumir cualquier reto.

–¿Y si no quiero hacerlo? –preguntó ella levantando la voz.

Contuvo las lágrimas. Un romance con Jake era su deseo más ferviente. De repente, se había convertido en un deber.

Acostarse con ella había sido su manera de sellar el pacto.

Era una lástima que ella lo hubiera disfrutado tanto. En aquel momento, odiaba su cuerpo por desear desesperadamente sus caricias. Debería odiarlo por lo que había hecho cuando más lo necesitaba.

Jake permanecía inmóvil, con la barbilla bien alta.

De pronto a Andi le asaltó una idea. Si era capaz de planear un matrimonio con una mujer que apenas conocía, quizá había contribuido a ponerla en una situación tan vulnerable.

–¿Eres responsable de mi pérdida de memoria?

Si había ido tan lejos con aquella farsa, ¿quién sabía de lo que sería capaz?

–No.

–Entonces, ¿qué paso?

Todavía faltaban muchas piezas del rompecabezas.

–No sé cómo perdiste le memoria. Te encontré fuera bailando en el jardín a la luz de la luna.

Andi se sonrojó. ¿Había hecho algo embarazoso? No recordaba nada de aquella noche. Sí que recordaba haberle dicho que iba a marcharse. Se iba para proteger su corazón.

En aquel momento, su corazón estaba hecho trizas. El deseo de Jake de que se quedara no tenía nada que ver con que la quisiera como prometida, ni siquiera como amiga, sino con asegurarse la buena marcha de su reinado.

Y la había seducido para llevársela a la cama con la excusa de que llevaban años saliendo.

Se estremecía en su interior con los recuerdos que probablemente la atormentaran de por vida. Ella había pensado que hacían el amor, mientras que para él había sido la manera de cerrar un acuerdo.

Instintivamente se quitó el anillo.

–Toma, quédatelo.

–Oh, no. Tienes que llevarlo.

–No tengo que hacer nada. No es auténtico.

–Te aseguro que esas piedras son auténticas y valen mucho dinero.

Andi abrió la boca, pero no dijo nada. ¿Cómo era posible que no entendiera lo que le estaba diciendo? Se acercó a su escritorio y dejó el anillo encima de una montaña de papeles.

–No tengo intención de llevar un anillo de compromiso a menos que realmente esté comprometida. Y, como no estamos comprometidos ni hay nada entre nosotros, no quiero quedármelo.

Las lágrimas amenazaron con quebrarle la voz. Se cruzó de brazos con la esperanza de poder disimular que le temblaban las manos.

–Pero estamos comprometidos. Quiero casarme contigo de verdad.

Andi parpadeó. ¿Cómo era posible que un sueño se hiciera realidad de aquella manera tan enrevesada?

Había una extraña expresión en los ojos de Jake, como de deseo. De nuevo, debía de estar soñando.

Ahora que había recuperado la memoria sabía que llevaba años enamorada de Jake, confiando en que algún día la viera como algo más que su eficiente secretaria. Lo había amado en silencio, fantaseando con que las cosas fueran diferentes entre ellos si esperaba pacientemente a que se fijara en ella. El tiempo que habían pasado como pareja era la consumación de sus deseos más íntimos, pero tenía la sensación de estar viviendo una burla.

–¿De verdad pensabas que accedería a esta farsa que has montado aprovechando mi vulnerabilidad? ¿Dejar que la gente piense que nos amamos cuando no somos más que un jefe y su secretaria?

–Seremos iguales, como cualquier otra pareja.

Lo dijo como si lo creyera. Pero Jake era capaz de convencer a cualquiera de cualquier cosa. Llevaba demasiado tiempo viéndolo en acción.

–No estoy segura de que haya muchas parejas iguales, sobre todo las reales.

Ella sería la esposa oficial, impecablemente vestida y correcta como siempre, mientras él tendría aventuras con otras mujeres.

–Tengo que irme ahora mismo.

Si continuaba con aquella farsa, acabaría deseando que aquel compromiso se convirtiera en una historia de amor de verdad. A pesar de que todo indicaba que eso no era posible, sabía que era una estúpida soñadora.

–La noticia ha dado la vuelta al mundo.

–Tendrás que explicar que era una mentira o una broma –dijo Andi, y se le quebró la voz con la última palabra.

Le parecía una broma cruel a su costa.

Nunca antes había sido tan feliz como durante los dos últimos días, como prometida de Jake.

–Voy a hacer las maletas –añadió dirigiéndose hacia la puerta.

Le temblaba todo el cuerpo. Jake la agarró del brazo y ella trató de soltarse, pero no pudo.

–La gente de Ruthenia cuenta contigo. Yo cuento contigo.

Sus palabras le atravesaron el alma, pero enseguida recobró las fuerzas.

–Estoy segura de que la gente de Ruthenia encontrará otra cosa.

–Vamos a salir en televisión esta noche para hablar de celebrar nuestro compromiso durante las fiestas del Día de la Independencia.

–¿De eso se trata? Te comprometiste a elegir

esposa antes de la celebración del tercer Día de la Independencia. La fecha límite que te pusiste ha llegado y tienes que elegir a alguien o quedarás mal. Y ahí estaba yo, atontada.

–Andi, hace años que somos un equipo. No es un cambio tan grande.

–¿Del trabajo a un compromiso de por vida? Uno no escapa de un matrimonio con un billete de avión, aunque ya se ve que tampoco puedo hacerlo para dejar mi trabajo –dijo levantando la barbilla, enfadada a la vez que dolida–. ¿Crees que puedes controlar todo y a todos?

–No pretendo controlarte, solo que entres en razón. Formamos un buen equipo.

–Cuando me case, quiero que sea por amor.

El corazón se le encogió ante el hecho de que había amado a Jake desde el día en que lo había conocido. En aquel momento lo odiaba por tratar de engatusarla con una relación que no significaba nada para él.

–Piénsalo con calma, Andi. Sé razonable.

–Estoy siendo razonable. Por eso sé que esto nunca funcionaría.

La expresión de Jake se tornó indescifrable.

–Al menos quédate hasta el Día de la Independencia.

–¿Crees que cambiaré de opinión? ¿O esperas que me sienta culpable al ver todos esos rostros sonrientes y acceda a casarme contigo? Seguramente prefieran verte casado con alguna mujer de Ruthenia y de sangre azul.

–Pensarán que he tomado la decisión correcta.

Imposible. Aunque su serena convicción la molestaba, a la vez que la intrigaba.

—¿De verdad quieres casarte conmigo?

Él la tomó de las manos, haciéndola estremecerse.

—De verdad quiero casarme contigo.

«No te quiere. No te emociones».

Aun así, podía resultar algo de aquella absurda situación. Tenía que intentarlo hasta el final.

—Si accedo a quedarme hasta el Día de la Independencia y luego decido que no funciona, ¿dejarás que me vaya?

—Sí.

No estaba segura de si creerlo. Jake no solía darse por vencido con facilidad. Aunque siempre podía marcharse.

O pasar allí el resto de su vida.

El corazón le latía con fuerza y el estómago le daba vueltas.

—No puedo creer que esto esté pasando. ¿Dormiremos en habitaciones separadas?

—Si eso es lo que quieres…

Su respuesta sonó desafiante. Probablemente intentaría seducirla de nuevo, pero no estaba dispuesta a permitírselo.

—Quedan tres días para el Día de la Independencia.

¿Podría soportar ser la prometida de Jake durante setenta y dos horas? No quería decepcionar a nadie ni estropear las celebraciones. Podía tomárselo como parte de su trabajo, siempre y cuando no hubiera besos ni sexo.

También estaba aquella ilusa esperanza de que pudieran vivir felices para siempre.

Jake recogió el anillo de entre los papeles de su mesa.

—Vas a necesitar esto.

Andi lo miró con recelo. Si se ponía el anillo, eso querría decir que aceptaba sus condiciones. Era evidente que era lo que esperaba de ella. Al fin y al cabo, siempre había hecho lo que él había querido.

Jake le tomó la mano sin pedirle permiso. Al instante, sintió que le ardía la piel y cometió el error de mirarlo a la cara.

¿Por qué seguía teniendo tanta influencia sobre ella?

Se sentía desorientada, confundida, y trató de asimilar que Jake quisiera casarse con ella.

Debería ser un sueño hecho realidad, entonces, ¿por qué le parecía una pesadilla?

Capítulo Siete

Al día siguiente por la tarde, Andi se ajustó el cuello de su fabuloso vestido nuevo, digno de una reina. Había recibido un envío de ropa de marca y una modista del más conocido diseñador de Ruthenia había ido para ayudarla a elegir el atuendo perfecto y hacer todos los arreglos necesarios. El vestido de seda verde se ajustaba al pecho y la cintura como una segunda piel.

Pero ¿parecía una futura reina? Esa noche aparecería en televisión como tal. RTV estaba preparando las cámaras en el salón del trono para entrevistarla junto a Jake. Había intentado posponer cualquier aparición pública hasta que hubiera tomado una decisión, pero después de incontables llamadas desde la cadena de televisión había accedido para no dar imagen de soberbia.

—Pendientes.

Una empleada de la joyería en la que habían comprado el anillo de compromiso abrió un estuche lleno de brillantes piedras preciosas. Andi ni siquiera la había visto entrar, entre toda la gente que entraba y salía preparando la grabación de esa noche.

—Elíjalos.

Andi ni siquiera quería mirarlos.

Lo mejor sería que los profesionales eligieran por ella y decidieran cuál era el aspecto de una futura reina.

Desde luego, no sentía como tal.

¿Formaba parte de su trabajo comportarse como si lo fuera? Parecía más un deber patriótico, lo cual era una tontería teniendo en cuenta que era estadounidense y no de Ruthenia, al menos hasta que se casara con Jake.

Eso, si se casaba con él.

Contuvo el aliento mientras la mujer le ponía unos pendientes de esmeraldas.

—Perfectos.

La modista asintió, dando el visto bueno.

Una mujer de mediana edad con un tupé rubio se acercó con un peine en la mano.

—Tranquila. Quedará muy bien.

Treinta minutos más tarde le caían unos rizos gruesos sobre los hombros y todo el mundo aseguró que estaba preciosa. La mujer que se reflejaba en el espejo, perfectamente maquillada, ni siquiera se parecía a ella. Acababa de recobrar la memoria y estaba empezando a convertirse en otra persona.

—Andi, ¿puedes venir un momento? Quieren probar la iluminación.

Lentamente, con el largo y pesado vestido que llevaba, se acercó al rincón de la librería donde habían colocado las cámaras.

Jake no estaba por ninguna parte.

«Es tu trabajo», se dijo.

Tenía que ser profesional. Ser la prometida de

un monarca parecía más una tarea de su trabajo que un sueño romántico hecho realidad.

Unas manos bajo unos focos la hicieron girarse. Le pusieron más polvos en la nariz y unos dedos colocaron sus rizos. Por el rabillo del ojo vio a la presentadora de las noticias revisando unas notas con el productor. ¿Qué clase de preguntas le harían?

«No mentiré».

Se lo había prometido. Toda aquella situación era confusa y no quería empeorarla teniendo que inventarse historias. Trataría de ser prudente y diplomática, lo cual era parte de su trabajo.

Se hizo un silencio repentino y todos los ojos se giraron hacia la puerta. Su Majestad. Jake entró con una sonrisa en los labios. Andi sintió que sus latidos se aceleraban. ¿Se las arreglaría para hacer bien su papel de prometida?

Maldijo para sus adentros por querer agradarlo. Él no había tenido en cuenta sus sentimientos al engañarla para ponerle el anillo de compromiso.

Sus miradas se encontraron y sintió una inyección de energía. «De verdad estoy deseando casarme contigo». Sus palabras se repitieron en su cabeza. ¿Por qué no aprovechar la oportunidad?

Un productor los hizo colocarse en un sofá de cantos dorados, frente a tres cámaras. Andi sintió que Jake tomaba su mano. Habría preferido que no la tocara para que no se diera cuenta de que estaba temblando y de que le sudaban las manos.

Ninguna tarea de su trabajo le había resultado

nunca tan aterradora. Había recibido a mandatarios extranjeros y se había enfrentado a incidentes internacionales sin alterarse. ¿Por qué cada movimiento que hacía le parecía un asunto de vida o muerte?

La presentadora se acercó con el micrófono sujeto a su traje azul. A Andi se le desbocó el corazón.

–Majestad, muchas gracias por acceder a esta entrevista –dijo, y Jake asintió con la cabeza–. Y por permitirnos conocer a su prometida –añadió la periodista, y sonrió a Andi.

Ella trató de no hundirse en el sofá. El día anterior se sentía cómoda y feliz en su papel de prometida de Jake. Le había resultado tan natural como respirar. Pero ahora todo era diferente, como si hubiera aterrizado en mitad de la grabación de una película y sin guion.

–Está viviendo el sueño de cualquier joven –dijo la presentadora mirándola.

–Sí, todavía no puedo creerlo.

«Aunque en los sueños, el príncipe está enamorado».

No había dicho ninguna mentira de momento.

–¿Fue romántica la proposición de matrimonio?

–Me impactó tanto que no recuerdo nada.

Jake y la periodista se rieron. Andi sonrió.

–Supongo que lo importante es que aceptó –comentó la mujer y se giró hacia Jake–. Quizá pueda contarnos algo de ese momento.

Andi se quedó mirando a Jake. ¿Se inventaría algo?

–Pertenece a nuestra intimidad. Solo puedo decir que estoy muy contento de que haya accedido a convertirse en mi esposa –añadió mirándola.

Hasta el Día de la Independencia. Parecía estar seguro de que la convencería para que se quedara después, pero bajo aquellos focos y ante tanta gente analizando cada gesto que hacía, cada vez dudaba más de poder soportar aquello.

Habría sido diferente si Jake hubiera querido casarse con ella por amor.

Pero nunca había sido suficiente para él y estaba segura de que tampoco lo sería ahora, con anillo o sin él.

–Qué anillo tan bonito. Un buen símbolo para un romance real.

–Gracias. Lo compramos aquí mismo. Hay muy buenos artesanos entre nuestra gente.

–Es fantástico que haya elegido el trabajo de un artista de Ruthenia, habiendo podido comprarlo en Nueva York o París.

–Tanto Andi como yo estamos orgullosos del trabajo de los artesanos de Ruthenia. Es uno de los pocos lugares en los que se da más importancia a los detalles que a los beneficios.

Andi mantuvo la sonrisa. Jake estaba convirtiendo la entrevista sobre su compromiso en un vídeo promocional de Ruthenia, algo que le habría parecido bien hasta pocos días antes, pero que ahora le encogía de dolor el corazón.

Con su manera de ver el matrimonio, pretendía que dedicara su vida a Ruthenia y a cumplir son su papel de consorte, tanto si la amaba como si no.

Andi se sobresaltó al ver que la periodista la estaba mirando. Era evidente que le había hecho una pregunta, pero que, sumida en sus pensamientos, no la había escuchado. Jake le apretó la mano e intervino.

–Andi se ocupará de los preparativos de la boda. En los años que llevamos trabajando juntos, ha demostrado que puede organizar los eventos más complicados.

Siguió hablando de las tradiciones matrimoniales de Ruthenia y de cómo iban a respetarlas.

«¿Y las tradiciones de mi familia? ¿Y si quiero cumplir las tradiciones griegas de la familia de mi madre, además de las de Jake?».

Imposible. Una muestra más de cómo sería su vida a la sombra de Jake.

Pero solo si ella lo permitía. De repente lo tuvo claro. No tenía que hacer nada que no quisiera.

–Por supuesto que también tendremos en cuenta nuestras raíces estadounidenses. Tengo antepasados de varios países y nos gustaría incluir sus tradiciones en nuestra boda.

La periodista se quedó sorprendida. Jake presumía de sentirse de Ruthenia hasta la médula, a pesar de haberse criado en Nueva York. En aquel momento no pudo evitar burlarse de aquello. Si quería una esposa de Ruthenia, abundaban las voluntarias.

Pero había elegido a una estadounidense. Lo

miró con dulzura. Los ojos de Jake brillaban sorprendidos.

–Andi tiene razón. Nuestro pasado en Estados Unidos ha enriquecido nuestras vidas y muchos amigos estadounidenses vendrán a la boda.

Andi sintió que le pasaba un brazo por los hombros y trató de evitar estremecerse al sentir sus músculos a través del vestido.

–Y ahora, si no les importa, tenemos mucho que hacer para preparar las celebraciones del Día de la Independencia de esta semana. Nuestro tercer Día de la Independencia marca un giro para nuestra nación, con nuestro producto interior bruto subiendo y la tasa de desempleo más baja en cincuenta años. Esperamos que todos brinden con nosotros por el futuro de Ruthenia.

La rodeó por la espalda con su brazo, en un gesto protector a la vez que posesivo. La periodista frunció el ceño ante aquella precipitada despedida y estrechó sus manos cortésmente.

Andi dejó escapar un suspiro una vez que las cámaras se apagaron.

Jake la acompañó a su habitación y hasta que estuvieron a solas en el pasillo no le apartó el brazo.

–Me ha gustado el comentario sobre nuestro origen estadounidense.

No estaba segura de si bromeaba y sonrió.

–Me sorprende que hayas elegido una esposa estadounidense. Estaba segura de que te casarías con alguien de aquí para que tus herederos tuvieran sangre de Ruthenia.

Una extraña expresión asomó en el rostro de Jake. ¿Se había olvidado de su obligación de dar un heredero? ¿De veras quería que fuera una estadounidense de Pittsburgh la madre del futuro rey de Ruthenia?

–Ser natural de aquí es más una cuestión mental que de ADN –repuso él rodeándola por los hombros con un brazo mientras avanzaban por el pasillo.

–¿Como para convertirse en rey? –preguntó Andi arqueando una ceja–. Supongo que para eso es necesario tener el ADN adecuado o habría otros aspirantes al trono. La única manera en que la mayoría de los ciudadanos podría reclamar el trono es casándose contigo. Supongo que debería sentirme honrada.

Jake se giró para mirarla. No solía replicarle. Al fin y al cabo, era su jefe. Quizá una vez conociera a la verdadera Andi, perdería interés en subirla a su pedestal real.

–No espero que te sientas honrada –aseguró él con una expresión divertida en los ojos–. Solo piensa en las ventajas de la situación.

–El futuro glorioso de Ruthenia.

–Exacto.

–¿Y si echo de menos los bocadillos de carne y queso de Filadelfia?

–La cocinera te los puede preparar.

–Imposible. Es de San Francisco. Pondría brotes de soja.

–Los importaremos.

–Se enfriarían en el avión.

–Entonces, volaremos hasta allí para comerlos.

–Sería un despilfarro.

–¿Ves? Somos iguales.

–¿Fríos y calculadores? –preguntó ella arqueando una ceja.

–Prefiero pensar que soy astuto y pragmático.

Jake apartó el brazo para sacar algo de su bolsillo y Andi se dio cuenta de que estaban delante de la habitación de él. No quería volver a entrar allí y acabar de nuevo en su cama, sobre todo si era el resultado de algún acto de seducción astuto y pragmático.

La intimidad que habían compartido la había dejado muy sensible. Probablemente porque siempre lo había amado y el hecho de haber hecho el amor con él solo había servido para intensificar sus sentimientos. Ahora que sabía que no la amaba, no soportaría volver a estar tan cerca de él otra vez.

–Me voy a mi habitación –dijo ella, y se miró su ridículo atuendo–. ¿Tengo que devolverle el vestido a alguien?

–Tienes que ponértelo para la cena de gala de esta noche.

¿Una cena de gala? No recordaba haber organizado ninguna. De hecho, no recordaba que hubiera previsto nada en los días siguientes al que había decidido marcharse.

–Quizá no haya recobrado del todo la memoria, pero yo…

Le resultaba embarazoso no sentirse en pleno uso de sus facultades.

–No te preocupes, no tiene nada que ver contigo. Lo he organizado todo para tranquilizar a la gente que se ha molestado con nuestro compromiso.

–Deja que lo adivine. Todas tus admiradoras y sus ricos y poderosos padres estarán reunidos en una mesa del comedor haciendo comentarios sobre mí.

Se le encogió el estómago ante la perspectiva.

–No lo harán.

Jake había entrado en su suite y esperaba que ella lo siguiera. Había ignorado su comentario acerca de marcharse a su habitación.

–No se atreverían.

«Eso es lo que tú piensas».

La gente poderosa se mostraba indiferente a lo que otros pensaran, puesto que nadie se atrevía a decirles nada a la cara. Lo sabía muy bien porque tenía una imagen más realista de sus verdaderos sentimientos, ya que la gente no se molestaba en intentar impresionar a una simple secretaria. ¿Se comportarían de manera diferente ahora que pensaban que estaba comprometida con Jake?

Se miró el impecable vestido. Sería interesante ver cómo se comportaban ahora que habían cambiado las tornas e iba a ser ella la que se casara con un rey. También sería instructivo ver cómo se comportaba Jake estando oficialmente comprometido con ella.

–Estás espectacular –dijo Jake sacándola de sus pensamientos.

–Gracias. Supongo que cualquiera puede tener buen aspecto en manos de un ejército de profesionales.

–Eres muy guapa –afirmó mirándola a los ojos–. No necesitas ayuda de nadie para estarlo.

Andi sintió que la cara le ardía y confió en que el maquillaje no lo revelara. ¿Lo decía de verdad o para calmarla? Ya no creía nada de lo que le decía.

Aunque tal vez había empezado a mirarla con otros ojos desde que comenzara a verla como esposa. El caso era que se sentía atractiva ante su ardiente mirada.

–Puedes conseguir cualquier cosa con halagos –dijo ella y recordó que a pocos metros estaba su cama–. Bueno, no cualquier cosa. ¿Cuánto tiempo tenemos hasta la cena?

No estaba segura de que fuera una buena idea quedarse en su habitación. Quizá fuera mejor irse a un terreno neutral.

–Una media hora.

–Y, si no organicé esta cena, ¿quién lo hizo? –preguntó con curiosidad.

El palacio parecía ir bien sin ella, lo que debería hacerla sentir menos culpable ante su marcha.

–Livia. Ha sido de gran ayuda estos últimos días. Te está sustituyendo muy bien.

Andi se puso tensa. ¿Por qué le molestaba que Livia quisiera ocupar su puesto? Después de todo, tenía pensado irse. Aun así, ahora que recordaba mejor su pasado, sabía que Livia siempre se había mostrado muy competitiva y resentida de que ella trabajara codo con codo con Jake.

No pudo evitar preguntarse si Livia estaría molesta ahora que Jake iba a casarse con ella.

—¿Champán? —preguntó Jake señalando una botella en una cubitera de plata.

—No, gracias. Pero tómalo tú si quieres.

Quería mantener la cabeza despejada. Tenía la sensación de que iba a necesitarla.

—No podría beber solo. Es un Heidiseck de 1907.

—¿Estás seguro de que no está caducado?

—Lo recuperaron de un barco que naufragó cuando iba a llevar champán a la familia imperial rusa. Lo han sacado del fondo del mar y su sabor es sublime después de décadas.

—Muy apropiado, teniendo en cuenta la historia de Ruthenia.

—Es lo mismo que pensó el amigo que me lo dio. ¿No quieres brindar conmigo por nuestro futuro?

Su mirada seductora la hizo estremecerse.

Andi respiró hondo y trató de mantener la calma.

—No hasta que sepa si quiero que tengamos un futuro en común.

—De repente te has vuelto muy cabezota.

—Eso es porque estamos hablando del resto de mi vida, no de la organización de una cena ni de una fusión entre empresas.

—Me gusta eso de ti. Muchas mujeres darían saltos de alegría solo por la oportunidad de casarse conmigo para convertirse en reinas. Para ti eso no supone tanto, ¿verdad?

–Nunca he tenido el más mínimo interés en que se refirieran a mí como «Majestad».

–Yo tampoco –dijo él sonriendo–. Pero, si he podido superarlo, estoy seguro de que tú también.

–¿Siempre supiste que algún día te convertirías en rey?

Siempre se lo había preguntado, pero nunca se había atrevido a decirlo.

–Mis padres hablaban de ello, pero pensaba que estaban locos. Yo prefería convertirme en rey de Wall Street.

–Has conseguido ambas cosas. Estoy segura de que tus padres estarían muy orgullosos de ti. Es una lástima que no vivan para verte en el trono.

Andi sabía que habían muerto en un accidente de avión.

–Si siguieran vivos, estarían reinando ellos, lo que me parecería perfecto.

–¿No te gusta ser rey?

–Sí, pero es de por vida. No puedes cansarte y dimitir. A veces me pregunto qué habría hecho si hubiera tenido más libertad.

–Fuiste valiente al asumir esa responsabilidad. No todo el mundo lo habría hecho, especialmente en el estado en que se encontraba Ruthenia cuando llegaste.

–Siento un deber de responsabilidad hacia Ruthenia desde niño. Nunca podría darle la espalda a Ruthenia.

Ella no sentía lo mismo. De hecho, podía marcharse y no mirar atrás, ¿verdad? No había sido educada para sonreír y saludar a todo el mundo ni para llevar un manto de armiño, pero siempre había tenido un gran sentido de la responsabilidad hacia su trabajo y hacia su jefe.

Lo admiraba por haber asumido la responsabilidad de levantar Ruthenia y comprometerse con su país y su pueblo de por vida.

Debería sentirse conmovida y halagada de que quisiera que lo ayudara en esa empresa, a pesar de que no la amaba.

Aun así, no estaba hecha de piedra, lo que Jake le recordó al tomar su mano y llevársela a los labios. La piel le ardió al sentir su roce y trató de mantener el ritmo de su respiración.

«Está tratando de convencerte para que continúes con su plan. Eso no quiere decir que te quiera ni que te desee».

Su cuerpo reaccionó como un interruptor, como siempre había hecho incluso cuando la veía como a una eficiente empleada. Sintió calor en el vientre y deseó acariciar su piel.

Pero se había resistido durante seis años y podía seguir resistiéndose.

Apartó la mano con un gran esfuerzo. Su piel ardía en donde sus labios la habían rozado. Mirarlo había sido un error. El brillo pícaro de sus ojos oscuros la dejó sin respiración.

Pero sabía que era un gran actor. Había que serlo para moverse en la diplomacia internacional.

—Estás recelosa.

—Por supuesto que lo estoy. Al salir de la amnesia me he encontrado comprometida con mi jefe. Ese tipo de cosas hace que una mujer desconfíe.

–Sabes que puedes confiar en mí

–Pensé que podía confiar en ti –replicó arqueando una ceja–. Pero me he dado cuenta de que no. Te has aprovechado de mí en tu beneficio, sin consultarme.

La expresión de Jake se oscureció.

–No podía consultar contigo porque ni siquiera sabías quién eras.

–Podías haber esperado a que recuperara la memoria y entonces habríamos hablado tranquilamente de ello.

«Sin embargo, preferiste convencerme en la cama».

Era una lástima que hubiera funcionado tan bien.

–El tiempo corría. El Día de la Independencia está a la vuelta de la esquina.

–Y no podías defraudar al pueblo de Ruthenia.

–Exacto. Sabía que lo entenderías.

Claro que lo entendía. El pueblo de Ruthenia y su propia reputación eran más importantes que sus sentimientos.

¿Sabía siquiera que ella tenía sentimientos?

Tenía tres días para ponerlo a prueba.

Capítulo Ocho

A Andi le habría gustado entrar con aplomo en el comedor y sonreír a los dignatarios allí congregados y a sus hijas, antes de tomar asiento a la cabecera de la mesa.

Pero no resultó así.

Al llegar al vestíbulo, la punta de un zapato se le enganchó en el dobladillo del vestido y dio un traspié. Jake la sujetó desde atrás por la cintura e impidió que se diera de bruces en la alfombra. No era la mejor manera de entrar en la alta sociedad.

Le ardía el rostro, especialmente después de ver la expresión de regodeo en las caras de Maxi y Alia.

Jake quitó importancia al tropiezo y aprovechó para robarle un beso delante del público congregado. Se sentía demasiado nerviosa para intentar evitarlo, algo que hubiera resultado extraño, puesto que todo el mundo pensaba que estaban locamente enamorados.

El beso solo sirvió para que se ruborizara aún más y le produjo una mezcla de excitación y angustia.

–¡Enhorabuena! –exclamó un hombre mayor con medallas en la chaqueta.

Era el gran duque de Machen y saludó con una reverencia a Andi. No tenía hijas en edad casadera, así que era uno de los pocos invitados no hostiles.

–Estamos todos encantados de que haya elegido una esposa con la que continuar la línea sucesoria –añadió dirigiéndose a Jake.

¿La línea sucesoria? A Andi se le contrajeron los músculos. Como esposa de Jake, se esperaba de ella que engendrara al futuro rey o reina. Lo que suponía que, aunque fuera un matrimonio de conveniencia, habría sexo.

Ya sabía lo mucho que le afectaba hacer el amor con Jake. No era algo que pudiera hacer como una rutina más. ¿De veras esperaría eso de ella? Los hombres eran diferentes. Podían dejar a un lado sus sentimientos y disfrutar de los placeres físicos.

Si ella también pudiera hacerlo…

De un vistazo a su alrededor advirtió que no todo el mundo estaba tan contento como el gran duque. Anton Rivenshnell, el padre de Maxi, parecía triste. La propia Maxi había abandonado su eterna sonrisa en favor de una mueca menos favorecedora.

–Supongo que una esposa estadounidense es lo natural teniendo en cuenta que ha pasado toda la vida en Estados Unidos –comentó Rivenshnell–. Es una gran desilusión para las mujeres de Ruthenia.

–Andi ha demostrado su compromiso con Ruthenia en los últimos tres años, viviendo y trabajando a mi lado. Se ha convertido en una mujer más de Ruthenia.

A Andi le gustó que saliera en su defensa.

–Nunca he sido tan feliz como lo soy aquí –dijo con total sinceridad–. Cada día disfruto de la gente y de los paisajes, y me enamoré tanto de Ruthenia que lo considero mi hogar.

–Y también te enamoraste de tu jefe.

Las risas del gran duque se escucharon por toda la estancia.

–Sí –contestó nerviosa.

De nuevo, era la verdad, pero no hacía falta que Jake lo supiera. Para él, estaba cumpliendo con su parte del acuerdo.

Andi se sintió cohibida cuando entraron en el comedor escoltados por una engreída Livia. Era la primera vez que acudía a un evento así como invitada, no como una empleada más dispuesta a servir la cena y atender a las necesidades de Jake. Livia le lanzó tres miradas significativas, aunque Andi desconocía su significado.

Al menos consiguió no caerse de bruces de camino a la mesa, donde se sentó lejos de Jake, probablemente entre los padres de dos de las mujeres rechazadas.

A Jake lo sentaron entre Alia y Maxi, tal y como ella había dispuesto antes de perder la memoria. Lo había hecho como broma para atormentarlo con sus más ardientes admiradoras. Ahora, él mismo debía de haberlo planeado por razones que desconocía.

¿Pretendía tener aventuras con ambas ahora

que no estaba obligado a elegir a una de ellas como reina? Seguramente, la discreta Andi no protestaría.

La sola idea la puso furiosa. Aun así, no recordaba que Jake hubiera engañado nunca a alguna de sus muchas novias. Claro que rara vez salía con una lo suficiente como para tener la oportunidad de hacerlo. En cuanto alguna de esas mujeres empezaba a pensar que iban en serio, ponía fin a la relación.

A Andi siempre le había gustado eso de él. Nunca mantenía una relación porque sí. Solía bromear con las razones por las que no veía futuro con una mujer en particular y eso siempre le había dado esperanzas de que algún día sería suyo.

Por fin lo era, al menos en teoría.

Le molestó ver que Alia le rozaba la mano con sus dedos. Jake sonrió a la elegante rubia, antes de volverse hacia Maxi. La atractiva morena enseguida se animó y acercó su generoso escote hacia él. Un arrebato de celos la asaltó y se maldijo por ello.

–Sus padres deben de estar encantados.

–Por supuesto –dijo Andi, tratando de sonreír al hombre de pelo cano que tenía al lado.

De cerca advirtió que era mayor de lo que parecía, por lo que no tendría ninguna hija a la que Jake le hubiera dado calabazas.

Sus padres se alegrarían si se casara con Jake. Al menos, eso suponía. ¿Cómo se sentirían si se negaba a casarse con él?

–¿Han estado ya en Ruthenia?

–Todavía no, pero estoy segura de que les gustará mucho.

–Supongo que se mudarán a vivir aquí.

Los ojos azules del hombre brillaron con... ¿malicia o cordialidad?

–Tienen su vida en Pittsburgh, así que no creo que se marchen de allí. Es común en Estados Unidos que las familias vivan separadas por cientos o miles de kilómetros.

–En Ruthenia, eso sería impensable.

–Lo sé. Pero tienen trabajos que les gustan y sus amigos están allí. Estoy segura de que vendrán a menudo a visitarnos.

–¿Nunca han venido a visitarla aquí? ¿Cuánto tiempo lleva aquí?

–Tres años, pero es un viaje muy caro y...

La estaba haciendo sentirse mal y tenía la sospecha de que eso era exactamente lo que intentaba.

–¿Alguna vez ha visitado los Estados Unidos? –preguntó ella sonriendo.

Cada vez que levantaba la vista, alguien la estaba mirando por el rabillo del ojo, incluyendo a Livia. Estaba empezando a sentirse asediada.

Jake le dirigió una mirada cálida desde el otro lado de la mesa. Incluso a distancia le aceleraba el corazón. Parecía sentirse a gusto rodeado de la nobleza de Ruthenia.

Ella, en cambio, se sentía como una infiltrada. En sus sueños, Jake y ella vivían en un mundo fantástico creado por ella. La vida en el palacio real

131

de Ruthenia formaba parte del mundo fantástico de cualquiera, pero no del de ella. Jake estaba cometiendo una terrible equivocación si pensaba que aquello podía funcionar.

Jake sonrió satisfecho mientras se servía el café. Andi estaba radiante al otro lado de la mesa, resplandeciente con su vestido y su pelo cayendo en rizos sobre sus hombros. Las bellezas de Ruthenia desaparecían a su lado. Había intentado demostrar que su matrimonio era una unión por amor y no un insulto para ellas y sus familias. No podía perder el apoyo de los empresarios más poderosos de Ruthenia.

Un matrimonio por amor. Había usado aquella expresión varias veces, pero nunca cerca de Andi. No podía decir algo tan alejado de la realidad delante de ella, al menos no después de que hubiera recuperado la memoria. Jake no sabía nada del amor. Criado por un ejército de niñeras mientras sus padres viajaban, había sido educado para el deber y no para la familia y las relaciones amorosas. Para él, el amor era algo poético que no se daba en la vida real, y no quería prometerle a Andi nada que no pudiera cumplir.

Se sentía muy atraído por ella y admiraba sus cualidades, y eso era casi tan bueno. Mucha gente se casaba por amor y acababan divorciándose. Era más prudente mantener un compromiso de por vida con la cabeza fría y una buena estrategia.

Andi se había mostrado preocupada por la ausencia de amor entre ellos desde que recuperó la memoria y supo que no había nada entre ellos. Su misión más importante durante los dos próximos días era convencerla de que estaban hechos el uno para el otro y la mejor manera de hacerlo era metiéndola de nuevo en la cama.

Los invitados aún tardaron un rato en marcharse y él no dejó de mirar a Andi por si acaso decidía desaparecer. Parecía nerviosa, sin dejar de seguir las conversaciones, pero mirando a su alrededor como si buscara una vía de escape. Había estado tan ocupado reconstruyendo las relaciones que había tardado tres años en establecer, bailando con varias mujeres, que no lo había hecho con Andi. Ya tendría tiempo de ponerse al día con ella cuando los invitados se marcharan.

Besó a Alia en la mejilla e ignoró el suave apretón que le dio en el brazo. Luego se despidió de su padre con una palmada en el hombro y le prometió llamarlo al día siguiente para revisar los detalles de algún negocio. De momento, todo iba bien. Pero ¿dónde estaba Andi? Al final se las había arreglado para desaparecer tras la marcha de los Kronstadt.

Preocupado, salió corriendo a buscarla. Subió a toda prisa la escalera y la encontró en el pasillo, camino de su habitación.

La rodeó por la cintura por detrás y sonrió al sentir su cuerpo entre los brazos. Estaba deseando pasar la noche con ella.

Pero Andi se puso tensa.

—Estoy cansada, Jake.

–Yo también –dijo estrechándola–. Podemos dormir abrazados.

–Creo que no es una buena idea.

Abrió la puerta y él la siguió, sin dejar de abrazarla. Se sentía embriagado por su delicioso perfume. La hizo girarse para que lo mirara y se dio cuenta de que parecía triste.

–¿Qué ocurre, Andi? Lo has hecho muy bien esta noche.

–Deberíamos cerrar la puerta para tener intimidad.

Aquel comienzo prometía. Dio un empujón a la puerta para cerrarla.

–Claro. ¿Por qué estás tan triste?

–Porque no puedo hacer esto. No encajo aquí. Me siento como una intrusa.

–Eso es ridículo. Encajas aquí tanto como yo.

–No. Me siento fuera de lugar y la gente no deja de hacer comentarios acerca de que sea estadounidense. Es evidente que no les gusta la idea de que te cases con una extranjera.

–Es frecuente que los monarcas se casen con personas de otros países. Así es como la familia real inglesa ha acabado siendo alemana –dijo sonriendo–. Solían importar esposas de cualquier país al que debieran algún favor diplomático.

–No creo que casándote conmigo te acerques a la Casa Blanca.

–No estoy de acuerdo –opinó él acariciándole la mejilla–. Estoy seguro de que cualquier administración te valoraría tanto como yo.

Andi se sonrojó y evitó mirarlo a los ojos.

Él la tomó de la cintura. Tenía una figura esbelta, que el vestido realzaba. El corpiño entallado le presentaba el escote de manera peligrosamente seductora.

El deseo se disparó en él.

–Eras la mujer más guapa del comedor.

–Eres muy amable –repuso ella

No parecía creerlo.

–Sabes que no lo digo por amabilidad –insistió arqueando una ceja–. Así que será mejor que me creas. Cada minuto que bailaba con esas mujeres, deseaba estar bailando contigo.

«Pero no lo has hecho».

Había bailado con aquellas mujeres porque le convenía a la economía del país tener a sus familias de su lado. Quizá las deseaba también, pero no lo había hecho por eso. Andi sabía que para Jake lo primero eran los negocios. Siempre lo había sabido y lo había admirado por ello. Pero ahora que estaba considerando pasar el resto de su vida con un hombre que no la amaba, le parecía un error.

Sobre todo porque ella lo amaba.

La presión de sus dedos en la cintura le resultaba un tormento cruel. Los pezones se le habían endurecido bajo la seda del corpiño, deseando sentir sus caricias. Todavía sentía el roce de su mano en la mejilla.

Incluso lo amaba por el hecho de estar dispuesto a casarse con una mujer a la que no amaba por el bien del país. Esa clase de compromiso era impresionante.

Su presencia llenaba la habitación. Era más guapo y atractivo que cualquier hombre que hubiera conocido. ¿No era suficiente que quisiera casarse con ella?

¿Por qué pensaba que era tan especial que se merecía más de lo que él podía ofrecerle? Quizá no le era suficiente ser reina y tener un marido guapo y trabajador. También quería un amor de cuento de hadas.

Jake se inclinó y la besó suavemente en la boca. Se quedó sin respiración mientras su cálido olor masculino la embriagaba. Le ardían los labios cuando él se apartó, con sus ojos oscuros clavados en ella.

Deseaba deslizar la mano bajo su chaqueta y explorar los músculos de su espalda, pero se contuvo. Si dejaba que la sedujera, estaría diciendo que sí a todo lo que le ofrecía, incluyendo el sexo sin amor.

Sí, ya se habían acostado una vez, pero en aquel momento lo había hecho creyendo que la quería y que le había propuesto matrimonio por amor. Sin embargo, no tenía nada que ver con el trato comercial que le había ofrecido.

Volvió a acercar la boca a la suya, pero Andi se apartó.

–Déjalo, Jake. No estoy preparada.

–¿Por qué no?

–Todo está pasando muy deprisa. No puedo pensar con claridad si sigues besándome.

–Tal vez no quiera que pienses con claridad –contestó él con un brillo pícaro en los ojos.

–Eso es lo que me preocupa –dijo ella soltándose de su abrazo–. No quiero precipitarme y darme cuenta dentro de un año de que cometí un error.

–No dejaré que te arrepientas nunca.

–Me parece muy arrogante por tu parte –opinó Andi ladeando la cabeza–. Parece que supieras exactamente lo que siento y cómo reaccionaré.

Nunca antes le había hablado de aquella manera y eso le asustaba. ¿Cómo reaccionaría?

–Te conozco muy bien después de seis años juntos.

–Pero han sido seis años de relación profesional, no de matrimonio.

–No veo la diferencia –repuso Jake mirándola con altanería.

Andi se sintió indignada, a la vez que luchaba contra el deseo de besar sus labios sensuales.

–Ese es el problema. Es diferente. Como tu secretaria, tengo que seguir ciertas reglas de comportamiento, ser siempre educada y no expresar mi opinión a menos que sea relevante para el trabajo. Quizá no sea la persona que creo ser –dijo levantando la voz.

Había sonado algo histérica. Probablemente fuera bueno puesto que parecía tenerla por una educada autómata dispuesta a considerar el resto de su vida como un trabajo bien remunerado con excelentes beneficios y ventajas.

–¿Así que la verdadera Andi es muy diferente a la que conozco?

–Sí –respondió ella frunciendo el ceño.

¿Quién era la verdadera Andi y qué quería? Había deseado a Jake durante tanto tiempo que era incapaz de pensar con claridad.

–No lo sé, pero por eso necesitamos tomárnoslo con calma. No querrás casarte conmigo y descubrir luego que no soy la fiel y leal colaboradora que te imaginas.

–Me gustaría conocer tu lado atrevido –declaró él entornando los ojos y esbozando una media sonrisa.

–No estoy segura de tenerlo.

–Claro que lo tienes –dijo ensanchando su sonrisa–. Lo conozco.

–Todavía no puedo creer que te acostaras conmigo bajo falsos pretextos.

Se estremeció al recordarse tumbada a su lado, piel con piel.

–No eran falsos. Estamos comprometidos de verdad.

Andi se cruzó de brazos e ignoró el cosquilleo de sus pezones.

–Siento diferir. No le has pedido a mi verdadero yo que se case contigo. Simplemente asumiste que lo haría. No es lo mismo.

–Pero parecías muy contenta. Pensé que de verdad querías que estuviéramos juntos.

Andi parpadeó, tratando de encontrar sentido a todo aquello. La presencia imponente de Jake la aturdía. No podía dejar de pensar en su cuerpo musculoso bajo el elegante traje que llevaba y en lo mucho que le gustaría sentirlo contra el de ella.

Jake tomó su mano y la besó. Fue un gesto caballeroso con la intención de robarle el corazón. Ella se estremeció al sentir sus labios en la mano, suaves, pero firmes.

Durante la pesadilla de no saber quién era, la única fuente de seguridad y felicidad había sido Jake. Había sido la roca en la que se había apoyado mientras todo a su alrededor era confuso y misterioso. Había sido feliz entonces, a su lado, al menos durante los momentos en que su mundo se había derrumbado.

¿Podría volver a pasar lo mismo?

—Creo que deberíamos pasar un tiempo a solas, lejos de palacio.

Alejarse del entorno laboral sería una interesante prueba para su relación. Apenas habían compartido su tiempo libre. Claro que Jake apenas tenía tiempo libre, a menos que se considerara como tal las cenas de gala y los viajes con inversores. Ella tampoco lo tenía, puesto que vivía entregada a su trabajo. Nunca acompañaba a los demás empleados en sus habituales excursiones a Múnich o Salzburgo. Como secretaria de Jake, se consideraba indispensable y no era capaz de desaparecer más de un par de horas.

Jake le tomó una mano entre las suyas y ella se esforzó en mantener la calma y no arrojarse en sus brazos.

—¿Hay algún sitio cerca al que quieras ir?

Él ladeó la cabeza y se quedó mirando a lo lejos.

–A las montañas.

–¿Las que ves desde tu ventana?

–Sí. Siempre he querido subir para ver desde arriba la ciudad y el palacio –declaró Jake encogiéndose de hombros–. Nunca tengo tiempo.

–Tampoco hay tiempo ahora –dijo ella, y suspiró–. Supongo que no puedes irte de palacio justo antes del Día de la Independencia.

De repente le parecía una estupidez haberle pedido un tiempo a solas. Jake tenía mucho trabajo que hacer y debía recibir a las muchas personas que llegarían de todas las partes del mundo para las celebraciones.

–Entonces, tendremos que sacar tiempo –manifestó él, y apretó su mano.

Una extraña sensación la invadió. ¿Estaba dispuesto a dejarlo todo para marcharse con ella?

–¿Y quién dará la bienvenida a los invitados? Estaremos fuera unas horas.

Un buen grupo de expatriados llegaría desde Chicago, incluyendo a tres importantes empresarios y sus familias que habían sido invitados a quedarse en el palacio.

–Estoy seguro de que se las arreglarán sin nosotros. Livia está demostrando que es muy capaz.

¿Por qué no le gustaba la idea de que Livia se ocupase de su trabajo?

–¿Cómo iremos hasta allí?

–En mi coche –contestó él divertido–. Todavía

sé cómo conducir, aunque apenas tengo ocasión de hacerlo.

–¿Sin chófer ni acompañantes?

–Sin nadie. Y también dejaremos los teléfonos. No tiene sentido estar en mitad de una montaña mandando mensajes sobre aranceles.

Andi se rio. Parecía dispuesto a dejarlo todo para hacerla feliz. Era egoísta por su parte, pero le hacía sentirse bien. Y las montañas siempre la habían llamado.

–Será mejor que hagamos un picnic.

–Por supuesto. Pide a la cocina lo que quieras.

Andi parpadeó. Aquello sería una prueba de cómo pasar de empleada a jefa. ¿O acaso la esposa de Jake era una empleada de alto nivel? La situación era confusa.

–¿Cuándo quieres que vayamos?

–Mañana por la mañana. He aprendido a no perder el tiempo. Si lo retrasamos, nos liaremos con los preparativos del Día de la Independencia.

–Entonces, deberíamos dar por terminada la velada –dijo ella, confiando en que captara la indirecta y se fuera.

–Pero queda mucho para que se haga de día –protestó Jake con un brillo travieso en los ojos.

–Pasa de la medianoche.

–Es uno de mis momentos favoritos del día. Quizá deberíamos ir a bailar al jardín –dijo él bajando la mirada a su vestido–. Vas vestida para la ocasión.

–Creo que no. Puede que pierda la memoria otra vez.

No quería que ocurriera nada entre ellos hasta que no hubiera tomado una decisión sobre aquella situación. Las caricias de Jake tenían un efecto muy peligroso en su sentido común y estaba en juego el resto de su vida.

–¿Un paseo a la luz de la luna? –insistió Jake dando un paso hacia ella.

Se le endurecieron los pezones bajo el corpiño y sintió calor en el vientre.

Lo mejor sería que lo echara de allí mientras pudiera.

No era fácil decir que no a algo con lo que había soñado durante seis años.

–No. Mañana caminaremos mucho. Reserva tus energías.

–¿Qué te hace pensar que me haga falta? –preguntó él arqueando una ceja.

¿De veras se sentía tan atraído por ella? Era difícil creer que había pasado de no fijarse en ella a intentar por todos los medios llevársela a la cama.

Claro que era conocido por su habilidad para lograr acuerdos.

Era más importante en aquel momento descubrir si respetaría sus deseos o no. Era una prueba fundamental.

–Buenas noches, Jake –dijo acercándose a la puerta, y la abrió–. Hasta mañana.

Su pulso se aceleró, preguntándose si protestaría y se negaría a marcharse.

–Buenas noches, Andi.

Él se acercó a la puerta y la besó suavemente en los labios. Por suerte no la tocó con las manos, a pesar de lo mucho que lo deseaba. Se apartó y se quedó en mitad del pasillo.

La sensación de alivio se mezcló con la pena de que no pasaría la noche entre sus brazos.

Había pasado la prueba.

–Voy a hacerte una apuesta –dijo Jake girándose para mirarla.

–¿Una apuesta? No soy de jugar.

–Lo sé –dijo él sonriendo–. Pero te apuesto que mañana dormirás en mi cama, conmigo.

A Andi se le contrajo el vientre al sentir su intensa mirada, pero mantuvo la calma.

–¿Cuáles son las probabilidades?

–No te aconsejo que apuestes contra mí –declaró Jake cruzándose de brazos.

–En condiciones normales, no lo haría –comentó ella sin poder evitar sonreír–. Pero creo que es importante mantener la cabeza fría en esta situación.

–Estoy completamente de acuerdo.

Solo por su arrogancia decidió que resistiría. Al parecer, sería ella la que tendría que superar una prueba al día siguiente.

Capítulo Nueve

Andi observó cómo dos criados metían dos cestas de picnic en el maletero del BMW negro de Jake. La cocinera se había comportado como si Andi ya fuera la señora de la casa. No cuestionó sus ideas ni protestó por estar escasos de algunos ingredientes, como solía hacer.

Livia se las arregló para transmitir un par de comentarios de los empleados, incluyendo que todos sabían que Jake había dormido solo la noche anterior. Andi se sonrojó. Todo el mundo en el palacio se enteraba de lo que pasaba, especialmente las doncellas. Livia no se sentía intimidada por el nuevo estatus de Andi y dio a entender que Jake habría dormido acompañado si ella hubiera estado en el lugar de Andi.

En otra época, habría tenido que esperar hasta la noche de bodas. En aquel momento era lo contrario. Si insistía en dormir sola, la gente se preguntaría si pasaba algo.

Se había puesto los vaqueros que le gustaban a Jake y una camisa rosa que se había comprado en un impulso, pero luego decidió que no era un atuendo muy profesional. Llevaba el pelo recogido en una coleta y, como maquillaje, solo se había aplicado colorete y brillo en los labios.

Al parecer, quería que la encontrara atractiva.

Toda aquella situación era confusa. Quería que la deseara, pero solo por el motivo adecuado.

Jake avanzaba a grandes pasos mientras hablaba por teléfono. Había cambiado su traje habitual por un par de vaqueros oscuros y una camisa blanca, con las mangas enrolladas en sus brazos morenos. Al verlo sonrió y el estómago le dio un vuelco.

Jake se apartó el teléfono de la oreja, lo apagó y se lo entregó a uno de los criados.

–Kirk, guárdalo hasta que vuelva. No quiero interrupciones –dijo, y se dirigió a Andi–. ¿Has dejado el tuyo también?

–Está en mi mesa. Puedo asumir el reto de estar incomunicada toda la tarde.

–¿Y si necesitan ayuda? –preguntó Kirk.

–Somos capaces de arreglárnoslas solos –contestó Jake abriéndole la puerta a Andi.

Ella se subió al coche, nerviosa. No recordaba haber ido a ningún sitio a solas con Jake.

Él se acomodó en su asiento y cerró la puerta. En el pequeño habitáculo del coche, parecía más corpulento y su olor masculino la envolvió. Su fuerte mano en la palanca de cambios le provocó un cosquilleo en el vientre.

–¿Por qué estás tan moreno?

–Por el tenis. Deberíamos echar un partido algún día.

–No he jugado desde la universidad.

–Apuesto a que eras muy buena.

–No se me daba mal. Tendremos que intentarlo.

La idea de jugar contra él la excitaba. Tenían algo en común.

Salieron por la verja de hierro forjado y pasaron junto a la garita de los guardias, a los que Jake saludó. Empezaba a parecerle posible vivir allí como la esposa de Jake.

—¿Sabes qué camino hay que tomar para llegar a la falda de la montaña?

—Sé la carretera que hay que tomar para llegar a la mitad de la montaña.

—¿No te gusta escalar?

—Me encanta, pero ¿por qué no escalar la parte de arriba?

Andi se rio.

—Es una postura interesante para la vida en general.

—Estoy de acuerdo.

Atravesaron la zona antigua, en la que algunos edificios tenían más de mil años. Al dejar atrás la ciudad, la carretera se hizo más ancha entre praderas llenas de vacas.

—¿Qué habrías hecho si hubieras nacido heredero de un sitio horrible?

—Todos los sitios tienen sus encantos —dijo Jake sonriendo—, pero entiendo a lo que te refieres. Años de declive durante y después de la caída del comunismo, sin derechos laborales, con baja moral y motivación... Y en los tres años que han transcurrido desde la independencia, las cosas han dado un gran giro. Solo hay que tener confianza en el futuro.

—Y trabajar mucho.

–No te lo niego. Pero, cuando tienes unos objetivos concretos y un buen mapa de ruta, casi todo es posible.

Los rayos de sol iluminaban sus rasgos. Su expresión transmitía la determinación necesaria para gobernar el país.

Había sido muy claro al exponer sus motivos para casarse con ella. El objetivo era establecer un matrimonio estable y fructífero que lo ayudara como monarca y un mapa de ruta que al parecer incluía seducirla para llevársela a la cama.

No iba a permitir que lo hiciera. Bastante alterada se sentía ya estando en el coche tan cerca de él.

Empezaron a subir por la carretera que rodeaba la montaña. Dejaron atrás el camino de entrada a una granja y un grupo de cabañas y tras un par de kilómetros llegaron a una verja.

–A partir de aquí estamos solos –dijo Jake, y salió del coche–. Y como no tenemos sherpas, será mejor que comamos cerca de aquí –añadió abriendo el maletero–. Estas cestas parecen del siglo XIX.

–Y probablemente lo sean –dijo Andi acariciando las asas de cuero.

Entre los dos llevaron una de las cestas hasta la explanada que había al otro lado de la verja. Las ovejas se alejaron mientras extendían una manta debajo de un árbol y sacaban las viandas.

–Pasteles de repollo rellenos de carne, qué tradicional –dijo él sonriendo, mientras se preparaba para dar un bocado a uno–. Los neoyorquinos no saben lo que se pierden. Deberíamos darlos a conocer en los Estados Unidos.

–¿En algún momento dejas de pensar en los negocios?

–No, pero eso ya lo sabes –contestó él guiñándole un ojo, mientras daba otro bocado.

Al menos era sincero. Andi sacó otro recipiente lleno de hojaldres con queso de cabra y tomó uno.

–Estos serían un gran éxito. ¿Qué tal un restaurante especializado en cocina de Ruthenia?

–Me gusta tu idea –afirmó Jake tomando un hojaldre–. No negarás que formamos un gran equipo.

–Sí.

A Andi se le encogió el corazón. Sí, hacían un buen equipo, pero ¿era suficiente? Ella quería más.

El sol del mediodía se reflejaba en los tejados de la ciudad que tenían a sus pies.

–¿Por qué no construyeron el castillo aquí? Habría sido más fácil de defender.

–Hubiera sido más difícil traer suministros por ese camino tan empinado.

–Supongo que la plebe habría tenido que traer todo.

–Y quizá hubieran organizado una revuelta –comentó Jake, y tomó una albóndiga picante–. Resultaba más sencillo construir en plano y tener la ciudad cerca.

–Como miembro de la plebe, estoy de acuerdo.

–Eres la prometida del rey, así que no formas parte de la plebe.

–No creas que olvidaré tan fácilmente mis orígenes humildes –bromeó ella, y dio un sorbo a la sidra que habían llevado–. Después de todo, fui la primera en mi familia que fue a la universidad.

–¿De veras? ¿A qué se dedican tus padres?

Andi tragó saliva. Era curioso que nunca antes hubieran hablado de su pasado o de su familia. A Jake nunca le había interesado.

–Mi padre trabaja en un taller de coches y mi madre es la encargada del comedor de un colegio de primaria.

Jake asintió y bebió sidra. ¿Se había sorprendido? Quizá se había imaginado que su padre era abogado y su madre, una dama de la alta sociedad.

–Tus antepasados probablemente estarían escandalizados si supieran que estás pensando en casarte con alguien como yo.

–Seguro que alguno debió de casarse con alguna hija de molinero o de pastor.

–Solo si sabían convertir la paja en oro. Estoy segura de que si no, habrían tenido aventuras con ellas y se hubieran casado con hijas de familias poderosas.

Él se rio.

–Seguramente tienes razón. Pero tú puedes convertir la paja en oro, ¿verdad?

–Creo que en la actualidad, es más práctico convertir la paja en euros –dijo ella–. El oro saca lo peor de las personas.

Jake sonrió. Andi sabía convertir en oro lo que tocaba, al menos en su vida.

–Si la gente supiera que has estado detrás del rescate de la economía del país…

–Seguramente creen que tengo poderes ocultos. En caso contrario, ¿por qué no ibas a casarte con una glamurosa mujer de Ruthenia?

–Esas mujeres solo traen problemas. Ellas tampoco se criaron en Ruthenia. Me gustaría saber qué hacen en esos internados suizos para gestar tantas princesas egoístas y caprichosas. No saben lo que es trabajar y esforzarse.

–No todas serán así.

–Las que no lo son, están en alguna parte del mundo forjándose una carrera y no tratando de ganarse mis favores.

–Podías haber organizado un concurso para que todas las expatriadas de Ruthenia volvieran y compitieran por tu mano.

Jake se estremeció ante aquella idea.

–¿Para qué iba a querer hacer eso teniéndote a ti aquí? Probablemente habrías superado cualquier prueba y hubieras demostrado tu valía.

–Yo no diría eso –contestó ella sonrojándose.

–Yo sí.

Jake se sintió orgulloso de que Andi hubiera afrontado un cambio de vida tan grande con aquella elegancia y sencillez. Le había facilitado la transición en muchos aspectos, algunos incluso que nunca sabría. Nadie podía negar que formaban un buen equipo.

–Brindemos por nosotros.

–Por nosotros –dijo ella alzando la copa.

–Y por el futuro de Ruthenia.

Sería maravilloso, al menos para él teniéndola a su lado. Había conocido otro aspecto de ella desde que había recobrado la memoria, una Andi más enérgica e independiente que la Andi que trabajaba sin descanso como su secretaria. Le gustaba que fuera lo suficientemente atrevida como para hacerle frente.

Y la química que había entre ellos… Esperaba que ella también la sintiera y sospechaba que así era. A veces sus mejillas se sonrojaban cuando la miraba y sus ojos azules siempre brillaban. Tal vez siempre habían brillado, pero nunca antes se había dado cuenta.

Era evidente que nunca se había fijado en Andi. Por suerte, por fin se había dado cuenta de lo que se había estado perdiendo todos esos años.

Después de comer, metieron de nuevo las cestas en el coche y se dispusieron a subir la ladera a pie. El corazón de Jake se aceleró ante el precioso paisaje de colinas, valles salpicados de pueblos y campanarios de iglesias.

–Me alegro de que me hayas traído aquí.

Quería tocarla, abrazarla y besarla, disfrutar con ella de la alegría que lo invadía, pero Andi guardaba las distancias.

Después de una hora subiendo, llegaron a una pequeña torre redonda, oculta entre los árboles.

–Me pregunto si la bruja aún tendrá a Rapunzel encerrada ahí –dijo Andi mirando las piedras.

–Es un puesto de observación –replicó él–. Lo he visto en mapas antiguos. Cuando veían soldados acercándose en la distancia, avisaban al palacio que por aquel entonces era un castillo fortificado, ondeando una bandera. Entremos.

Él atravesó primero el arco de entrada y Andi lo siguió.

–Probablemente había una puerta, pero ya no está –dijo ella advirtiendo que tampoco había techo–. Los niños disfrutarían mucho jugando en un sitio así.

–Tendremos que reconstruirlo para los nuestros –comentó Jake sonriendo.

Nunca se había parado a pensar en tener hijos, pero la perspectiva de formar una familia con Andi le resultaba enternecedora.

Andi lo miró, abriendo los ojos como platos.

–¿Te he sorprendido?

–Tal vez. Es solo que me resulta… precipitado.

Jake se encogió de hombros. Su relación con Andi le resultaba natural, como si siempre hubiera estado en su destino sin él saberlo, casi de la misma forma en que había estado destinado a regresar a Ruthenia.

Pero había una cosa que lo intrigaba. Había planeado marcharse y dejarle a él y a Ruthenia.

–¿Por qué ibas a marcharte?

–Ya te lo he dicho. No veía futuro en mi trabajo y pensaba que había llegado el momento de dar un paso más.

Él frunció el ceño. Estaba convencido de que había algo más.

–¿Qué ibas a hacer a tu vuelta a Estados Unidos?

–Estaba pensando en fundar mi propia empresa.

–¿Qué clase de empresa? –preguntó intrigado.

No podía evitar considerar su marcha como una traición personal.

–De organización de eventos.

–Desde luego que no te falta experiencia.

–Lo sé –dijo ella alzando la barbilla–. He debido de organizar cientos de eventos en los últimos seis años.

Quería ser independiente y estar al mando de su destino, y la admiraba por ello.

–Como reina, tendrás importantes responsabilidades. Serás alguien importante por derecho propio. La gente solicitará tu presencia en actos a los que yo no pueda asistir.

–No es lo mismo. Seguiré trabajando para ti.

–Trabajando conmigo –repuso Jake, y dio unos pasos hacia ella–. Como iguales.

Andi no se movió y él la tomó de la mano.

–Tendrás una vida maravillosa aquí. Lo sabes. Nunca te aburrirás y podrás llevar todas las empresas que quieras, a la vez que eres reina –dijo acariciándole la mano.

–Todavía no creo que lo correcto sea quedarme.

–Te convenceré –afirmó Jake, y le besó la mano. Andi jadeó suavemente y trató de apartar la mano, pero él se lo impidió. Su delicioso perfume lo atormentaba. Se acercó hasta ella hasta que sus pechos estuvieron casi tocándose. Ella seguía sin moverse. Podía ver en su mirada que sentía la misma atracción que él. Lo deseaba tanto como él a ella, a pesar de sus estúpidas preocupaciones y reservas. Solo tenía que demostrarle que su futuro estaba allí, a su lado.

Jake tomó sus labios entre los suyos y sintió sus pezones erguidos bajo la blusa. Andi se arqueó contra él y se aferró a su camisa, devolviéndole el beso con ardor, mientras le acariciaba el pelo.

Jake suspiró, deleitándose con la sensación de tenerla entre los brazos. Ella se estremeció al sentir que su mano bajaba por la espalda hasta su muslo. Se le doblaron ligeramente las rodillas cuando tomó uno de sus pechos con la otra mano y lo apretó suavemente por encima de la blusa.

Era imposible negar la energía que había entre ellos y que con tanta fuerza los unía cada vez que se tocaban.

Jake deslizó la mano bajo la blusa y acarició un pezón por encima del sujetador, haciéndola jadear. Tenía una fuerte erección. Deseaba arrancarle la ropa y hacerle el amor allí mismo.

Pero no quería que se apartara. Ya había ido demasiado lejos y quería que fuera ella la que lo buscara, quería dejarla deseando más.

—No nos dejemos llevar —dijo apartándose de ella—. Aquí no se está muy cómodo.

Cuando llevara las cosas más lejos, quería estar seguro de que ella accedería. Era una cuestión delicada y no quería que supiera todavía el poder que tenía sobre él. Podía usarlo en su contra. Las últimas noches a solas habían sido dolorosas y no quería prolongar el tormento yendo demasiado rápido. No quería correr el riesgo de perderla.

Siguieron subiendo la montaña hasta que decidieron que ya habían escalado suficiente por un día y se dieron la vuelta para regresar. Algo inusual en él. Cuando decidía hacer algo, lo hacía hasta el final.

En el coche, en el camino de vuelta, se dio cuenta de que iba a perder la apuesta. Sí, podía seducirla y así se lo había demostrado su reacción en la torre. Pero ya no quería hacerlo. Quería su corazón y su mente, no solo su cuerpo. Ganar la apuesta no significaba nada teniendo en cuenta lo que estaba en juego.

Era una muestra de madurez perder una batalla para ganar una guerra. Le dio un beso de buenas noches y la vio marcharse a su habitación con una mezcla de arrepentimiento y deseo encendiéndole la sangre.

Al despertarse a la mañana siguiente, Andi no pudo evitar sentirse culpable al recordar que le había hecho perder la apuesta.

El beso de la torre la había sorprendido y asustado. Se había arrojado a sus brazos, dejando que supiera la facilidad con la que perdía el control estando a su lado. Si él no hubiera puesto fin al beso, probablemente habrían acabado haciendo el amor entre aquellas piedras cubiertas de musgo.

La charla acerca de sus hijos y de su futuro como reina mezclada con sus poderosas caricias había aumentado su excitación hasta el punto de que hubiera accedido a cualquier cosa con tal de sentir su cuerpo junto al suyo.

Tenía que pensar con la cabeza y no con el corazón ni con otras partes de su cuerpo. Jake seguía siendo Jake y sus únicas preocupaciones eran Ruthenia y los negocios. En ningún momento había dado a entender que la amara. Era demasiado caballeroso como para mentirle sobre algo así.

Sintió un escalofrío, a pesar del sol. ¿Por qué tenía que estar tan loca por él?

Era el día previo a las celebraciones del Día de la Independencia. Sabía que ambos estarían muy ocupados con los preparativos y sería fácil evitarlo, al menos hasta la noche.

A pesar de su nerviosismo, se sintió orgullosa. Había conseguido resistirse a él, después de todo, lo que significaba que podía mantener la cabeza despejada para tomar la decisión de si quedarse o marcharse. Después del beso de la torre, lo había dudado.

Se duchó y se vistió, confiando en no tener que pasar demasiado tiempo a solas con él. Tenía que organizar algunas cosas y no quería delegar en nadie.

—Hola, Andi —dijo Livia desde la puerta, sobresaltándola—. ¿Quieres que te sustituya para que puedas pasar el día con Su Majestad?

—No, lo tengo todo controlado. Voy a revisar la lista de invitados y a asegurarme de que esté todo preparado para recibir a los mandatarios que llegarán hoy. Si puedes revisar los menús y hacer los ajustes necesarios, te lo agradecería.

Livia sonrió.

—Ya sabes que no tienes que seguir ocupándote de todo esto.

—Es una gran ocasión para Ruthenia y quiero supervisarlo todo.

Y estar lo más alejada posible de Jake.

—Yo puedo ocuparme de ello —dijo Livia cruzándose de brazos.

—Estoy segura de que tienes muchas otras cosas que hacer. Voy a hacer unas llamadas que tengo pendientes.

Pasó el día corriendo entre el despacho y las salas de reuniones y los comedores, ocupándose de los cambios de última hora. A la hora de la comida, los invitados empezaron a llegar y ella se encargó de darles la bienvenida al palacio.

Los recibía como prometida de Jake y no dejaron de darle la enhorabuena y de decirle lo mucho que se alegraban por ellos.

Jake parecía contento y orgulloso, claro que siempre lo parecía. En un par de ocasiones la rodeó con un brazo por la cintura y ella no pudo hacer nada por resistirse.

Su enorme anillo brillaba en su dedo, como si estuviera anunciando que era propiedad del palacio.

Pero Jake no la poseía. No había accedido a casarse con él, tan solo a quedarse hasta que terminaran las celebraciones.

Al menos, eso era lo que no dejaba de repetirse.

Una sensación de culpabilidad la invadió ante la idea de decepcionar a todo un país. ¿De veras iba a marcharse?

Sí, si con ello escapaba a una vida de tristeza.

Capítulo Diez

Aquella era su última oportunidad. Durante la cena de gala, Jake miró por encima de las copas a Andi, sentada al otro lado de la mesa. Al día siguiente comenzaban las celebraciones del Día de la Independencia y todavía no la había convencido para que se quedara.

¿Por qué era tan terca?

Sabía que había muchas mujeres deseando encontrarse en su situación, pero para ella no parecía significar nada el papel de reina. No parecía interesarle lucir diamantes ni vestirse con sedas y encajes. No le atraían las cenas con celebridades internacionales ni que se dirigieran a ella como «Majestad».

Le preocupaba la gente, independientemente de que fueran importantes o no.

Todo eso hacía que le gustara más.

También estaba su rostro, curioso e inteligente, con sus intensos ojos azules siempre pendientes de todo. Y su cuerpo, esbelto y fuerte, que tanto lo atraía bajo aquel entallado vestido dorado. Deseaba dormir con ella aquella noche y asegurarse de que nunca se marchara.

Bailó con ella tres veces al compás de la música de un cuarteto de jazz. También bailó con otras mujeres, sin dejar de apartar la vista de ella mientras lo hacía.

–Me temo que Andi y yo tenemos que retirarnos –anunció–. Mañana es un día importante y estoy seguro de que sabrán disculparnos.

Se acercó a ella, la tomó del brazo y salieron del salón.

–Estoy exhausta –murmuró ella, una vez en el pasillo.

–No, no lo estás.

Jake le acarició la espalda y vio que sus pezones se endurecían bajo la seda del vestido.

Su deseo se disparó al comprobar que lo deseaba tanto como él a ella e iba a hacer que ninguno de los dos se llevara una desilusión.

–Vas a venir conmigo.

Le pasó el brazo por la cintura y la hizo avanzar por el pasillo.

–No puedes obligarme –replicó ella sonrojándose.

Su mano ardía entre las suyas. La pasión se había acumulado entre ellos durante todo el día.

Jake abrió la puerta de su suite y la hizo pasar. Luego, cerró con llave. Andi fue a protestar, pero él se lo impidió besándola.

Trató de zafarse, pero enseguida cedió y lo abrazó, tal y como él esperaba que hiciera. Una vez más, sintió que hundía los dedos en su espalda y su miembro se endureció.

El cuerpo ardiente de Andi era un bálsamo para su alma en pena. Su boca sabía a miel, y su piel era cálida y suave.

Recorrió sus curvas y ella se estremeció, dejando escapar un gemido cuando le acarició un pecho. Sentía la conexión que había entre ellos, invisible y poderosa, y estaba seguro de que ella también la sentía, a pesar de su resistencia.

El vestido cedió con facilidad, después de abrir la cremallera que se ocultaba tras una fila de falsos botones.

Jadeando, la hizo tumbarse en la cama y dibujó una línea de besos por su cuello hasta su ombligo, pasando por sus pechos. Luego siguió bajando hasta hundir el rostro en el encaje de sus bragas.

Jake sintió sus dedos en el pelo y luego la oyó gemir al acariciarla con la lengua bajo el fino tejido y disfrutar del calor de su excitación. Andi lo rodeó con las piernas por los hombros, atrayéndolo hacia ella. Él continuó lamiéndola hasta dejarla húmeda y después le bajó la delicada ropa interior por los muslos.

–Eres preciosa –murmuró, disfrutando de su exuberante desnudez.

Sus inocentes ojos azules se encontraron con los suyos unos instantes antes de tirar de él para besarlo ferozmente.

Jake se despojó de su traje con la ayuda de ella. Excitado hasta rozar la locura después de los últimos días de tortura, estaba deseando penetrarla.

El deseo era mutuo. Andi levantó las caderas, dándole la bienvenida mientras lo cubría de besos por el rostro y el cuello. Hundirse en ella fue una sensación única y sus embestidas hicieron que Andi jadeara de placer.

Deseaba tenerla a su lado el resto de su vida. Era perfecta para él en todos los sentidos. Era inteligente, guapa, sensual y leal.

Cambiaron de posición haciendo más profunda la unión y el placer se fue intensificando mientras ambos se agitaban con desesperación.

Jake contuvo su orgasmo todo lo que pudo, hasta que los gritos de Andi llevaron su angustioso placer al límite. Se dejaron caer en la cama jadeando y riendo, y luego se relajaron abrazados.

Una sensación de inmensa felicidad lo invadió. Eran emociones que no podía describir y que le hacían vislumbrar el futuro feliz que iban a compartir, mientras caía en un sueño reparador.

Andi observó que el pecho de Jake subía y bajaba al compás de su respiración, mientras los rayos plateados de la luna se filtraban por entre las cortinas. Se le encogió el corazón.

Había sido muy fácil. Le había dicho que estaba cansada y que quería irse a la cama, y ¿le había importado? No. Tenía sus preocupaciones y las necesidades de ella no le importaban.

También sabía que le sería imposible resistirse. ¿Cómo era posible que alguien tuviera tanto poder sobre ella? Había controlado su vida durante seis años. En ese tiempo, la alegría de estar con Jake competía con la tristeza de saber que su relación era estrictamente profesional.

Había cumplido su promesa de seducirla para

llevársela a la cama. La había hecho perder la cabeza y en aquel momento dormía como un bebé.

Si la vida pudiera ser tan sencilla…

No parecía importarle que ella lo amara o no. Necesitaba una esposa y ella era la perfecta candidata con un buen currículum.

Probablemente, Jake no quería amar a nadie. Los sentimientos eran complicados y no querría que nadie tuviera esa clase de poder sobre él. Con razón prefería mantener una relación fría y profesional.

Al menos por un día más, Andi sería capaz de seguir haciendo lo mismo. Le resultaba imposible pensar más allá del presente.

A la mañana siguiente, Andi ejerció de anfitriona junto a Jake de un desayuno para casi cincuenta invitados en el palacio. Luego, recorrieron la ciudad en un carruaje abierto, con una procesión de escolares delante y una banda de música detrás. A su paso, todos agitaban banderas entusiasmados.

En un momento dado, Jake la tomó de la mano y Andi se emocionó ante aquel gesto afectuoso. Pero al mirarlo, él estaba saludando con la mano hacia la ventanilla. Aquel gesto romántico sólo pretendía agradar a las masas allí congregadas.

Se le encogió el corazón. Ella quería algo más que una relación ficticia.

De vuelta al palacio, se celebró un banquete en el patio en el que charló con muchas invitadas.

Todas ellas le dieron la enhorabuena por el compromiso y le desearon felicidad. ¿De veras serían felices todas aquellas elegantes mujeres con sus importantes maridos?

Envidiaba a las pocas mujeres que estaban allí como embajadoras o autoridades de todo tipo, al mando de sus destinos y sin depender de nadie.

Cada vez que miraba a Jake lo veía hablando y sonriendo entre la multitud, disfrutando como pez en el agua.

A media tarde, Andi estaba cansada. Mientras los camareros recogían las tazas de café y los invitados paseaban por los jardines, ella entró en palacio para tomarse un respiro.

—Hola, Majestad —dijo Livia sobresaltándola—. ¿Te estás escabullendo?

—Voy a buscar algo a mi habitación. Estoy acostumbrada a hacer las cosas sola —añadió Andi al ver que Livia la seguía.

—Debe de ser difícil pasar de secretaria a princesa, aunque creo que yo me las arreglaría —comentó Livia, y se cruzó de brazos—. Lástima que Jake no se fijara en mí. Aun así, puede que todavía no sea tarde —añadió arqueando una ceja—. Supongo que los reyes no suelen conformarse con una mujer para el resto de su vida.

—¿Has perdido la cabeza?

Andi corrió escaleras arriba, confiando en que Livia no la siguiera.

Pero Livia siguió subiendo tras ella.

—Querida, te has convertido en princesa, ¿verdad? Solo comento lo que veo. Debe de ser difícil ver cómo tu prometido baila cada noche con otras mujeres. Supongo que hay que ser especial para soportarlo.

–Es parte de su trabajo.

–Y supongo que soportarlo es parte del tuyo –dijo Livia siguiéndola por el pasillo hasta la puerta de su habitación–. Por cierto, ¿seré despedida por decir lo que pienso?

–Es posible.

–Debes de sentirte muy poderosa ahora.

En absoluto. Quería llorar. Todo parecía afectarle más.

–¿No tienes nada que hacer? Se está celebrando un importante acto y deberías estar pendiente de él.

–Deberías estar en él, así que supongo que las dos nos estamos escabullendo. De todas formas, voy a volver a Nueva York.

–¿Has encontrado trabajo allí? –preguntó Andi con curiosidad.

–Ya lo sabes. Es el trabajo del que te hablé y que intentaste quitarme. Supongo que fue una suerte para las dos que tropezara en la escalera con ese vestido que llevabas.

–¿Cómo? –preguntó Andi sorprendida–. ¿Fue entonces cuando me di un golpe en la cabeza?

–¿He pensado en voz alta? –dijo Livia sacudiendo sus rizos–. Te habría deseado buen viaje si hubiera sabido que te estaba arrojando directamente a los brazos del rey Jake. Te vi bailando como si estuvieras poseída y cómo él acudía en tu rescate.

–Creo que deberías marcharte ahora mismo, antes de que le cuente a alguien que intentaste hacerme daño.

–Estoy de acuerdo. Estoy deseando abandonar este agujero y volver a la gran ciudad. ¡Libertad!

Furiosa, Andi observó a Livia marcharse. Nada de aquello habría ocurrido si no hubiera sido por sus celos.

Sin embargo, en aquel momento no pudo evitar sentirse celosa de ella. Si acababa casándose con Jake, nunca más volvería a vivir en Nueva York. Nunca volvería a ser dueña de su destino.

Tendría deberes y responsabilidades. Tendría que ser leal y fiel, servir a Ruthenia y a Jake hasta el final de sus días. Mientras, él bailaría y flirtearía con otras mujeres, día tras día y noche tras noche.

Al menos, Livia no estaría cerca para burlarse de ella.

En el baño, se lavó la cara con agua. Estaba pálida y aprovechó para darse colorete. Pero fue incapaz de animarse. Llevaba todo el día siendo el centro de atención y aunque había tenido casi todo el día a Jake a su lado, parecía haber estado a kilómetros de allí.

Lo que habían compartido la noche anterior tampoco era de ayuda. La intimidad de aquellas escasas horas parecía muy distante ya, como si nunca hubiera pasado. El recuerdo de sus abrazos todavía le aceleraba el corazón, intensificando el dolor que sentía por que no la amara.

¿Seguían sus maletas debajo de la cama? No pudo evitar mirar. Sí, allí estaban. Se había comprometido a quedarse hasta el final del día. Después, podía volver a recoger sus cosas y tomar el camino que había elegido antes de que Jake la obligara a desviarse de él.

Una esposa para el Día de la Independencia, eso era todo lo que necesitaba. Si no hubiera estado allí, quizá se lo habría pedido a Livia.

Aun así, tenía una misión que cumplir ese día. Se echó un poco de su perfume favorito, confiando en que la animara. Pero no lo consiguió.

La noche anterior le había dejado una sensación agridulce. Era un sueño hecho realidad, pero sabiendo que no pasaría de ser eso, un sueño. Se había acostado con ella para ganársela, al igual que había hecho cuando había perdido la memoria.

Se empolvó la nariz y se dispuso a bajar. Si había soportado actos largos y aburridos en los últimos seis años, podía soportar uno más aunque se le estuviera rompiendo el corazón.

—¿Dónde está tu prometida? —preguntó Maxi a Jake mientras el camarero llenaba sus copas de champán.

—Está por aquí, mezclada entre tanta gente.

¿Dónde estaba? Había estado tan ocupada atendiendo a los invitados que solo la había visto un par de veces. Aun así, habían pasado juntos una hora por la mañana, mientras recorrían la ciudad en carruaje. Andi había estado muy callada, pero no le había parecido mal. Le gustaba que no estuviera hablando todo el tiempo como hacían otras mujeres. No había dejado de pensar en ella en todo el día. Se estaba convirtiendo en una obsesión.

–Mi padre quiere hacerte una proposición.

Maxi siguió hablándole sobre el proyecto de construir una fábrica en las colinas del este. Estaba acostumbrado a escuchar, mientras pensaba en otras cosas.

Necesitaba decirle a Andi esa misma noche lo mucho que significaba para él. Se lo había dicho con su cuerpo, pero sabía que querría oírlo de sus labios.

«Te quiero».

La amaba y tenía que decírselo.

–¿Cómo?

No se había dado cuenta de que había dicho aquellas palabras en voz alta hasta que vio la cara de sorpresa de Maxi.

–Gracias, Jake, me ha llegado al corazón.

–No te lo tomes en el aspecto personal, me refiero al proyecto de construcción de la fábrica.

Debía de estar perdiendo la cabeza. Andi le había hecho descubrir una nueva faceta suya y no sabía bien cómo comportarse. Estaba tan acostumbrado a trabajar todo el tiempo que le era difícil ser él mismo.

A Andi no le costaba controlar sus sentimientos. Estaba concentrada en su decisión de si aceptaría la situación o no, y no parecía sentir nada por él. Debería sorprenderle que aquella mujer pudiera afectarlo tanto, pero lo cierto era que lo único que deseaba era besarla otra vez.

Incrédula, Andi se detuvo un momento. Si Jake amaba a Maxi, ¿por qué no se casaba con ella?

Dio un paso atrás, mezclándose entre los invitados antes de que Maxi la advirtiera. Era imposible que Jake la amara. Era insoportablemente arrogante, según le había dicho él. A menos que esa fuera su forma de disimular.

Estaba aturdida.

Jake era un maestro manipulador. Así había conseguido muchas cosas y tener a tanta gente de su lado. Ahora estaba preparando su matrimonio y sus relaciones con todas las bellezas del país, con la misma elegancia que siempre había admirado.

Pero esa vez ella era su víctima. Tan fácil de seducir y dispuesta a sacrificar su vida y ponerla a su servicio. Excepto que no estaba dispuesta a hacer ese sacrificio.

Le diría que se marchaba y le daría la oportunidad de replicar, pero nada que dijera podría hacerle cambiar de opinión.

Logró superar el té de la tarde y la cena. Apenas vio a Jake en todo el tiempo, así que lo más difícil fue seguir recibiendo las felicitaciones por su compromiso. Quería gritarles que no iba a casarse con él, pero no podía hacerlo. Tenía que mantener el decoro.

Esperó a quedarse a solas con Jake después de que los últimos invitados se hubieran marchado y dejó que la llevara a su suite.

–El Día de la Independencia ha terminado y me voy.

–No puedes estar hablando en serio.

–Sí y voy a decirte por qué –declaró ella irguiéndose–. No me quieres.

–Sí, sí te quiero. Quería decírtelo.

Su expresión era la de siempre, alegre y desenfadada, como si nada de aquello le importara.

–¿Y se te olvidó? Ah, claro, has estado ocupado. Oí cómo le decías a Maxi que la amabas. Quizá nos confundiste en aquel momento.

–Eso es exactamente lo que pasó –dijo Jake sonriendo–. Lo estaba pensando, pero se me escapó y lo dije en voz alta delante de Maxi.

–¿De verdad piensas que soy tan idiota? Sé que he sido bastante ingenua, creyéndome nuestro compromiso y dejándome llevar por tu plan, pero aquí acaba todo.

–Andi, sé razonable. Ha sido un día muy largo.

–Estoy cansada de ser sensata. Últimamente no he dejado de sonreír a extraños al darme la enhorabuena por un compromiso que sabía iba a romper. Eso es suficiente para volver loco a cualquiera.

–Te quiero –declaró Jake mirándola intensamente.

–¡No es verdad! –exclamó ella alzando la voz–. Creo que ni siquiera sabes lo que es el amor. Todas tus relaciones son orquestadas para sacar el máximo beneficio. Incluso en las cenas, asignas los asientos con la finalidad de obtener favores.

–No pretendo obtener ningún favor tuyo.

–Es evidente que no. Quizá en esas cenas se separa a las parejas de la realeza para que no se cansen el uno del otro.

–Sabes que es una tradición. Entre tú y yo ya hay una relación íntima.

–No es cierto. Solo porque me hayas metido en tu cama no significa que haya una relación íntima entre nosotros. Crees que el sexo lo arregla todo, que el placer se convierte en amor. Pero no funciona así. Una relación está basada en la confianza y yo no confío en ti.

–Sé que he cometido errores. Te prometo que nunca más haré nada que te haga desconfiar de mí.

–Una vez se pierde la confianza, es difícil recuperarla. Me da igual si quieres o no a Maxi, pero de cualquier manera, no puedo confiar en ti. No quiero pasar mi vida con alguien de quien no creo lo que dice. Es demasiado tarde. Quiero una vida normal lejos de los focos. Quiero casarme con un hombre que no esté todo el día besando a mujeres espectaculares.

Tenía que irse de allí antes de que rompiera a llorar.

–Ya te he dicho que te quiero –repuso Jake entornando los ojos–. Ya te he demostrado que siento algo por ti y que creo que eres la esposa perfecta, pero, si insistes en marcharte, márchate. No te retendré aquí.

Andi tragó saliva. Le estaba diciendo que se fuera.

¿No era eso lo que quería?

–No puedo ser la esposa perfecta de un hombre que lo único que quiere es una secretaria permanente.

–Por supuesto –replicó él con los ojos encendidos–. No quiero que te cases en contra de tu voluntad.

–Bien, porque no creo que eso sea justo para ninguno de los dos. Es importante casarse con alguien que te importe y por quien sientas algo.

¿Estaba intentando convencerse a sí misma o convencerlo a él?

En algún momento había pensado que lo amaba tanto que su amor era suficiente por los dos. Pero últimamente se había dado cuenta de que no era así. No podría soportar ser la fiel esposa mientras él flirteaba con otras mujeres, aunque fuera por motivos de trabajo.

Necesitaba un hombre al que creyera cuando le dijera que la quería.

–Adiós, Jake.

Se quitó el anillo de compromiso y lo dejó en la mesa.

Él no dijo nada. Era evidente que no significaba nada para él ahora que había estropeado sus planes.

Andi salió de la habitación y recorrió a toda prisa el pasillo. Tenía la pequeña esperanza de oír su puerta y ver a Jake corriendo tras ella.

Pero ningún sonido rompió la tranquilidad de la noche.

Tenía que irse inmediatamente, aunque no hubiera trenes hasta por la mañana. No quería volver a verlo nunca jamás.

Las lágrimas empezaron a rodar por sus mejillas mientras volvía a guardar la ropa en las maletas por segunda vez en la misma semana. ¿Cómo había acabado en aquella situación. ¿Había algo en Jake Mondragon que le hacía perder el sentido común. Durante años había deseado que se enamorara de ella y seguramente ese era el motivo por el que le había resultado tan fácil participar en la farsa del compromiso.

Se sonrojó al recordar lo feliz que había sido mientras no tenía ni idea de que el compromiso era fingido. La había tratado como si estuviera locamente enamorado de ella, sabiendo que todo era una mentira.

Casi había terminado de hacer las maletas. Su ropa llegaría completamente arrugada después de meterla sin ningún cuidado, pero ya la plancharía. Era una lástima que no pudiera hacer lo mismo con su corazón.

Solo quedaba en el armario el vestido que se había puesto la noche en que había perdido la memoria. Lo había llevado a Ruthenia pensando que necesitaría algo elegante para las fiestas, después de que su jefe se convirtiera en rey.

Nunca antes de aquella noche se lo había puesto. Solo acudía a las fiestas como empleada para asegurarse de que todo saliera bien y había comprobado que el atuendo más adecuado era un traje negro.

Se lo había puesto aquella noche para ver qué se sentía llevándolo. Todo el palacio estaba pendiente de la fiesta que se celebraba en el salón de baile, así que nadie la había visto salir a dar un último paseo por el jardín a la luz de la luna.

Había cruzado la terraza y se había quitado las sandalias para que los tacones no se le hundieran en el césped. ¿De veras había tropezado Livia con ella? Ahí era donde sus recuerdos terminaban.

Nunca más volvería a pasear por allí. Tenía que marcharse enseguida lejos de Jake.

Se dio la vuelta y miró a su alrededor para asegurarse de que no se dejara nada. Su corazón se encogió al ver la cómoda y el armario vacíos. Pronto ocuparía la habitación otra persona.

Lo que tenía que hacer en aquel momento era marcharse sin que la vieran. No soportaría tener que dar explicaciones a nadie. Se sentía culpable, o quizá solo triste ante su marcha. Se dio la vuelta y cargó con sus maletas.

Aunque pasaba de la medianoche, tenía que ser sigilosa. A veces los criados trabajaban hasta tarde, especialmente después de una gran fiesta. Si llegaba a la puerta trasera sin ser vista, podía atravesar el jardín hasta los antiguos establos y tomar uno de los coches que había allí para los empleados.

Tomó los tiradores de las maletas y se dispuso a marcharse. El corazón le latía con fuerza. Esa vez no habría vuelta atrás. El vestido podía quedarse en el armario, junto al resto de sus fantasías románticas. No le habían causado más que dolor.

Tirando de las maletas, bajó como pudo la escalera y contuvo la respiración al llegar ante la gran puerta de madera que daba al fondo de la antigua cocina. Aquella parte de la casa solo se usaba en los grandes festejos como el de aquel día. Las luces estaban apagadas y no se veía a nadie.

Apoyó las maletas sobre sus ruedas y siguió avanzando hacia la puerta que daba al jardín. De pronto, unas carcajadas la sobresaltaron. Se quedó de piedra, con el corazón desbocado, tratando de distinguir algo en la oscuridad. Las voces llegaban desde el pasillo que llevaba a la cocina moderna. No reconocía las voces, que podían ser de los camareros que se contrataban para los grandes eventos. ¿Estarían preparando ya el desayuno?

Volvió a la escalera, pero después de un minuto sin que nadie apareciera, era evidente que nadie la había oído. Levantó las maletas y atravesó la estancia. Dejó el equipaje en el suelo un momento y abrió la puerta.

El aire fresco de la noche entró y respiró hondo antes de salir. Estaba dejando el palacio para siempre. Debería alegrarse de haber podido salir del edificio sin que la vieran, pero se sentía como una ladrona escapando con lo robado.

Era ridículo. Había dado varios años de su vida a aquel lugar. ¿Sería por eso por lo que le costaba tanto marcharse? Todavía tenía que atravesar el jardín y pasar por la garita.

Miró hacia el jardín y tirando de las maletas se dirigió hacia el arco de entrada a los establos, donde estaban aparcados los coches para los empleados. El viejo portón crujió al abrirlo y miró

174

por detrás de ella. Una de las ventanas de arriba se iluminó y contuvo el aliento unos segundos. ¿Sería la ventana de Jake? ¿Iría a buscarla?

Maldijo para sus adentros al comprobar que era una de las ventanas de la planta de los empleados. ¿Para qué iba Jake a salir a buscarla? Le había dicho que se fuera, lo que era precisamente lo que estaba haciendo.

Sacó una llave de una caja con cierre de combinación, se subió al coche más cercano y encendió el motor.

Andi miró hacia la casa para asegurarse de que no hubiera nadie mirando y no encendió las luces hasta salir al camino de grava. Sintió una punzada de dolor. Nunca más volvería a ver aquel sitio tan maravilloso.

Tampoco volvería a ver a Jake. Teniendo en cuenta lo que él había hecho, debería estar contenta, pero no podía olvidar todos los años que habían trabajado juntos. Era un buen hombre y no le deseaba ningún mal.

«No pienses en él».

Todavía tenía que enfrentarse a otro desafío: cruzar la garita. Los centinelas no solían prestar atención a los coches que salían del palacio, especialmente a los que usaban los empleados, así que esperaba que solo la saludaran con la mano. Sin embargo, uno de ellos salió de la garita y se acercó.

–Hola, Eli, soy yo. Voy a buscar a una amiga –dijo mintiendo con lo primero que se le ocurrió.

Eli sonrió y la dejó pasar. Subió la ventanilla y

cruzó la verja por última vez, tratando de contener las lágrimas. Por la mañana, todos sabrían que se había ido en mitad de la noche.

La ciudad estaba desierta al atravesarla. Aparcó en una calle tranquila para recorrer caminando el último tramo hasta la estación. No quería que dieran con ella. Aún quedaban unas horas para que saliera el primer tren.

Buscó en su bolso las gafas de sol. No quería que nadie la viera con los ojos enrojecidos e hinchados. Luego se envolvió la cabeza con un pañuelo azul. Aunque no hacía frío, no quería que nadie la reconociera.

Lo único que tenía que hacer era esperar para tomar el primer tren de la mañana a Múnich y luego reservar un vuelo a Nueva York.

Avanzó por la oscura calle solitaria observando los viejos edificios de piedra en dirección a la estación.

Su intención era dejar atrás a Jake y lo estaba haciendo. Entonces, ¿por qué sentía tanto dolor?

Capítulo Once

Jake daba vueltas por su habitación, enfadado. Su orgullo herido había hecho saltar la furia en su interior. Había perdido la cabeza por una mujer y ella se había burlado de él.

Nunca antes nadie lo había tratado con tanta frialdad. Le había ofrecido su vida y lo había rechazado. Debería despreciarla por ser tan despiadada y cruel.

Entonces, ¿por qué la sola idea de afrontar un día sin ella le causaba tanto dolor?

Tenía que anunciar a todo el país que su compromiso estaba roto. La gente se preguntaría por qué se había marchado y los comentarios durarían meses.

Nada de eso le importaba, tan solo la perspectiva de pasar las noches sin Andi a su lado, de no disfrutar de su sonrisa y de sus conversaciones hasta altas horas de la madrugada.

No podía obligarla a casarse con él en contra de su voluntad. Se sentía avergonzado por haber forzado el compromiso aprovechándose de su pérdida de memoria. Se había mostrado entusiasmada y había sido maravilloso, una extensión de su estupenda relación laboral.

Era un idiota. Acostarse con su secretaria no tenía nada que ver con el trabajo. ¿Por qué había intentado convencerse de que estaba bien? Si de veras quería casarse con ella, debería haber esperado a que recobrara la memoria, cortejarla como un caballero y luego proponérselo.

Quizá, como rey, se había sentido tan especial que no había seguido ninguno de los convencionalismos del amor. Se había esforzado mucho en seguir otras tradiciones, así que ¿por qué no había hecho lo mismo con Andi?

Se detuvo junto a la ventana. Había estado atento a cualquier coche que transitara por el camino de acceso, pero no había visto ninguno. Seguramente seguía en el palacio. Pero era demasiado tarde para hacerle cambiar de opinión. Ella quería un hombre en el que pudiera confiar y, al aprovecharse de su amnesia, le había dado motivos para que no volviera a confiar en él nunca más.

Había renunciado a muchas cosas para asumir el papel de rey de Ruthenia. Ahora, iba a tener que aprender a vivir sin Andi.

Andi contuvo la respiración cuando el vendedor de billetes la miró. Se había quitado las gafas de sol, pero, por suerte, el hombre no la reconoció. Sin joyas ni vestidos lujosos, pasaba inadvertida.

El andén se fue llenando de gente a la espera del primer tren y se levantó el cuello de la gabardina. Cada vez que sus ojos se cruzaban con otros, deseaba esconderse detrás de alguna columna. Pronto descubrirían quién era y lo que estaba haciendo.

Sin ningún imprevisto se subió al tren y a las ocho menos cuarto se pusieron en marcha. ¿Acaso pensaba que Jake mandaría a la caballería a buscarla?

Quizá en el fondo se alegraba de su marcha. Podría culparla de poner fin al compromiso y seguir con su vida de soltero. Todavía sentía celos ante la imagen de Jake con otra mujer, lo cual era ridículo, puesto que lo había rechazado.

Al salir de la ciudad, el tren fue ganando velocidad mientras avanzaba por los campos abiertos y los pueblos que se extendían al pie de las montañas. Nunca había oído hablar de Ruthenia antes de conocer a Jake, pero había llegado a sentirse allí como en su casa e iba a echarlo de menos.

Sacó un libro del bolso, pero no pudo concentrarse. ¿Estaría cometiendo un error? ¿Se habría enamorado Jake de ella?

No lo sabría nunca, puesto que era demasiado tarde para regresar.

Era media mañana cuando llegó a la frontera entre Ruthenia y Austria. Mientras los policías de la frontera recorrían el tren revisando los pasaportes, Andi contuvo la respiración. El más joven se quedó estudiando su pasaporte antes de sacar el teléfono. Luego dijo algo en alemán y le hizo un gesto a otro de los policías que estaba en el andén.

–No tengo nada que declarar –dijo ella con voz temblorosa, señalando sus dos maletas–. Puede revisarlas.

Quería levantarse y salir corriendo. ¿Estaría Jake detrás de aquello?

Probablemente no. Nunca antes lo había visto tan enfadado como la noche anterior. Si pudiera borrar ese recuerdo...

El coche de Jake derrapó en una curva y rápidamente lo enderezó. Debería haber tomado el tren como Andi, pero había preferido seguir la ruta más corta a través de las montañas.

No quería que nada lo retrasase ni tener gente alrededor. Aquello era entre Andi y él.

Todavía sentía herido su orgullo, pero había algo en su interior que no podía dejarla marchar de aquella manera. Le había dicho que no confiaba en él y eso le dolía más que nada. Había perdido su confianza. Había intentado retenerla a su lado seduciéndola.

Al decirle que la amaba, ella no le había creído. Había pensado que su declaración no eran más que palabras. No entendía que sus sentimientos hacia ella lo habían transformado.

Al derrapar en otra curva, se sintió culpable por aprovecharse de la policía de fronteras para retener el tren. Era otro privilegio del que había abusado. Aun así, era una situación de emergencia. Una vez se marchara a Estados Unidos, Andi desaparecería de su mundo y nunca la recuperaría. No quería pasar el resto de su vida arrepintiéndose de haber perdido a la única mujer que había amado.

Atravesó un denso bosque a gran velocidad y salió a la explanada que había al otro lado poco antes del mediodía. Había tenido que parar de camino para hacer algo sencillo, pero importante. Esa vez quería hacerlo todo bien.

A lo lejos, vio el tren parado en la frontera. Por suerte la carretera llegaba casi hasta las vías y detuvo el coche junto a la verja y la saltó. El sol se reflejaba en los vagones, convirtiendo las ventanillas en espejos. ¿En qué vagón estaría Andi? ¿Querría hablar con él después de cómo se había comportado en su último encuentro?

Encontró a Andi en el cuarto vagón, sentada en un compartimento frente a dos ancianas.

—No puedo vivir sin ti, Andi —dijo tras abrir la puerta—. Te quiero de verdad. No me había dado cuenta porque nunca antes había conocido el amor. Me educaron para que pensara con la cabeza y no con el corazón. Me convencí a mí mismo de que quería casarme contigo porque era lo más sensato, porque nuestro matrimonio le haría bien a Ruthenia. Lo cierto es que ahora, mi deseo de tenerte no tiene nada que ver con Ruthenia. Te quiero para mí y no puedo imaginarme pasar el resto de mi vida sin ti.

Las lágrimas asomaron a los ojos de Andi y Jake sintió que el corazón se le encogía.

De repente, las ancianas que estaban sentadas frente a ella se levantaron y tomaron sus maletas.

–Por favor, discúlpennos.

Jake se hizo a un lado para dejarlas salir, sin dejar de mirarla a los ojos.

–Admito que nuestro compromiso no empezó bien y me avergüenzo de ello. Solo sé que disfrutaba de tu compañía y que, cuando nos besamos… ya nada fue como antes.

Deseaba tomarla entre sus brazos y secarle las lágrimas.

–Te necesito, Andi.

Su silencio le dolía, pero tampoco le había dicho que se fuera. Todavía había esperanza.

Se llevó la mano al bolsillo y sacó el objeto que había recogido de camino. Era el anillo sencillo que le había gustado aquella mañana en la joyería.

Se arrodilló en el vagón y sacó el anillo del estuche.

–Andi, sé que este es el anillo que querías. Te hice elegir el otro porque era más llamativo. Me he dado cuenta de que estaba tomando decisiones por ti y convirtiéndote en alguien que no querías ser.

Ella se quedó pensativa, con la mirada fija en el anillo.

Jake sintió que el corazón se le encogía. Le había dicho que no quería ser su esposa. No quería llevar una vida dedicada a la corona, siendo el centro de atención. Pero no era eso todo lo que le había ofrecido. ¿Cómo demostrarle que bajo toda aquella parafernalia de realeza era tan solo un hombre que la amaba y la necesitaba?

–Andi, en este momento desearía no ser un rey. Me gustaría prometerte una vida sencilla, en una casa de cualquier ciudad estadounidense, pero no puedo. Estoy casado con Ruthenia y ese es mi destino, no puedo darle la espalda. Pero también te necesito no solo porque puedas ayudarme a gobernar el país, sino porque eres la mujer con la que quiero compartir mi vida –añadió, y vio que la expresión de su rostro cambiaba–. Te quiero mucho, Andi, te quiero con toda mi alma. Estaba asustado y traté de convencerme de que podía controlar mis sentimientos, de que no te necesitaba. Pero lo cierto es que te necesito. Sé que no me crees cuando te digo que te quiero. No te culpo. Esas palabras han perdido su fuerza. Han sido usadas muchas veces. No sé cómo expresar lo que siento. Solo sé que mi vida está vacía sin ti. Por favor, Andi, no me dejes.

Andi parpadeó tratando de contener las lágrimas. La emoción que transmitía su voz la sorprendió. Sabía que todo lo que había dicho era cierto.

–Te quiero, Jake, siempre te he querido. Creo que te quiero desde el día en que empecé a trabajar contigo. Te he admirado cada día y he soñado contigo cada noche. Por eso fue tan sencillo que, cuando perdí la memoria, creyera que teníamos una relación como la que siempre había soñado. Estoy segura de que debió de sorprenderte descubrir que alguien con quien llevabas tantos años trabajando, tuviera esa clase de sentimientos –dijo, y se estremeció–. No quería que lo supieras. Esa era una de las razones por las que quería marcharme. Todo iba mal desde el principio.

–Lo que no estuvo bien fue aprovecharme de ti, pero estamos hechos el uno para el otro. No quiero una esposa decorativa ni una secretaria. Quiero una esposa que me recuerde que nunca he subido a las montañas y que me lleve allí. Quiero alguien que me acompañe en mi vida y que la enriquezca.

Incapaz de permanecer inmóvil durante más tiempo, Andi tomó sus manos. Él seguía sujetando el anillo que le había gustado y el hecho de que hubiera ido a por él, la conmovía.

–Estaba empezando a arrepentirme de dejarte a ti y a Ruthenia –dijo Andi, y respiró hondo–. No quiero marcharme.

–Entonces, no lo hagas. Me iré contigo. Ruthenia puede sobrevivir sin mí durante una temporada –declaró Jake levantándose y sentándose a su lado–. Deberíamos ir a ver a tus padres. Lo correcto es que les pida tu mano en matrimonio. Quizá tenga más suerte con ellos –añadió, y sujetó el anillo entre su mano–. Aunque me gustaría poner el anillo en algún sitio seguro, como en tu dedo, para que no se pierda mientras viajamos.

Andi se quitó los guantes y extendió su mano temblorosa.

–Me casaré contigo, Jake. Quiero pasar el resto de mi vida contigo.

Después de que Jake le confiara sus sentimientos, todo era diferente. Ya no tenía ninguna duda de que la amaba tanto como ella a él.

—Me gusta la idea de ir a ver a mi familia. Estarán encantados de conocerte, si es que este tren se vuelve a poner en marcha.

Jake sonrió.

—Ya veremos qué podemos hacer al respecto. Pero lo primero es lo primero.

La rodeó con los brazos por la espalda y la atrajo hacia él. Andi cerró los ojos al sentir sus labios y se fundieron en un apasionado beso. Cuando por fin se separaron, Andi tuvo la extraña sensación de que aquel momento marcaba un nuevo comienzo en su vida.

—Te quiero, Jake.

Podía decirlo en voz alta, sin el más mínimo atisbo de duda. Llevaba años esperando que llegara ese momento y era más dulce de lo que se había imaginado.

—No tanto como yo a ti.

—Eres muy competitivo.

—Tú también —dijo él sonriendo—. Un motivo más por el que hacemos tan buena pareja —añadió, y sacó el teléfono—. Y ahora, vamos a ver si conseguimos que este tren se ponga en marcha.

Epílogo

–Por supuesto que necesitas una secretaria –dijo Jake, y se inclinó para besarla en el cuello.

–Ya tenemos muchos empleados. Y tres niñeras.

–Necesitas a alguien solo para ti. Así podrás idear algún plan para el fin de semana y dejar que ella trabaje mientras nosotros nos damos un paseo por la montaña.

–¿Acaso estás sugiriendo que me estoy quedando sin fuerzas?

–No. Ahora sé de quién ha heredado tanta energía nuestro hijo.

El pequeño Lucas, de año y medio, no paraba quieto. Tres niñeras se ocupaban de su cuidado, además de Andi.

Unos sonidos les alertaron de que su siesta había terminado.

–Mamá, léeme un cuento.

–Claro, cariño –dijo Andi tomándolo en brazos.

–¿Ves? Necesitas una secretaria que te eche una mano para que puedas leerle cuentos.

Lucas señaló a Claire, una de sus niñeras, que estaba junto a la puerta con su merienda.

–Vamos al jardín, Claire –dijo Andi–. ¿Puedes

pedir que extiendan una manta en la hierba? Y que traigan el triciclo –añadió antes de girarse hacia Jake–. Cada vez se me da mejor no ocuparme de todo.

–Tus esfuerzos son admirables y necesarios, teniendo en cuenta que estás en el tercer trimestre y que Lucas cada día pesa más. ¿Y si su hermana tiene tanta energía como él?

–Entonces, tendremos seis niñeras. Si seguimos teniendo hijos, bajaremos la tasa de desempleo de Ruthenia a cero.

Lucas arqueó la espalda, en un intento por liberarse. Andi lo dejó en el suelo y ambos lo vieron correr por el pasillo mientras Claire lo seguía.

–¿Cómo se las arregla la gente para cuidar de un niño mientras esperan otro?

–No lo sé. Yo siempre tuve una niñera –dijo él, y le guiñó un ojo.

–Es increíble lo fácil que se acostumbra uno a la buena vida. ¿Dónde está mi plato de uvas peladas?

Ambos se rieron. Trabajaban mucho y Andi cada vez daba más importancia a sus ratos de asueto. Como anfitriona, ponía especial atención en que los invitados se lo pasaran bien.

Sus padres se habían enamorado de Ruthenia y de Jake. Recién jubilados, habían comprado allí una casa para visitarlos con frecuencia sin atosigar a la pareja.

La hermana de Andi y su marido también solían visitarlos, y habían sido las risas de su pequeña hija, Lucy, las que habían despertado el deseo de Andi y Jake de convertirse en padres.

–¿Quieres que te baje las escaleras en brazos, Majestad?

–No hace falta. Prefiero que me beses.

Los labios de Jake se unieron a los de Andi y ella cerró los ojos. Siempre se dejaría llevar por sus besos. Había soñado con ellos durante mucho tiempo y había estado muy cerca de no volver a saborearlos nunca más.

Ella se apartó. Sus labios seguían deseándolo.

–Tengo que leer unos documentos y tú tienes que reinar un país. Te veré esta noche.

–Y todas las noches –dijo Jake en tono sugerente.

Ella bajó la vista a su mano y reparó en la alianza que tenía junto a su anillo de compromiso. Una sonrisa asomó en sus labios.

–Durante el resto de nuestras vidas.

En el Deseo titulado
El mandato del rey,
de Jennifer Lewis,
podrás terminar la serie
REALEZA REBELDE

DESEAR LO PROHIBIDO

YVONNE LINDSAY

El millomario Raoul Benoit permitió que Alexis Fabrini, la mejor amiga de su difunta mujer,
se convirtiera en la niñera de
su hija solo por una razón: la
bebé merecía amor y atención.
Él no lo merecía… porque tenía que pagar por sus peca-
dos, lo que significaba mantenerse lejos de Alexis, por
mucho que la deseara.
Lo menos que Alexis podía hacer era ayudar con la niña.
Pero no podía meterse en la
cama de Raoul. Había vivido con un amor no corres-
pondido durante demasiado tiempo… ¿qué importaba
un poco más?

*Sus sentimientos eran tan intensos
que no se podía resistir*

Acepte 2 de nuestras mejores novelas de amor GRATIS

¡Y reciba un regalo sorpresa!

Oferta especial de tiempo limitado

Rellene el cupón y envíelo a
Harlequin Reader Service®
3010 Walden Ave.
P.O. Box 1867
Buffalo, N.Y. 14240-1867

¡Si! Por favor, envíenme 2 novelas de amor de Harlequin (1 Bianca® y 1 Deseo®) gratis, más el regalo sorpresa. Luego remítanme 4 novelas nuevas todos los meses, las cuales recibiré mucho antes de que aparezcan en librerías, y factúrenme al bajo precio de $3,24 cada una, más $0,25 por envío e impuesto de ventas, si corresponde*. Este es el precio total, y es un ahorro de casi el 20% sobre el precio de portada. !Una oferta excelente! Entiendo que el hecho de aceptar estos libros y el regalo no me obliga en forma alguna a la compra de libros adicionales. Y también que puedo devolver cualquier envío y cancelar en cualquier momento. Aún si decido no comprar ningún otro libro de Harlequin, los 2 libros gratis y el regalo sorpresa son míos para siempre.

416 LBN DU7N

Nombre y apellido	(Por favor, letra de molde)

Dirección	Apartamento No.

Ciudad	Estado	Zona postal

Esta oferta se limita a un pedido por hogar y no está disponible para los subscriptores actuales de Deseo® y Bianca®.
*Los términos y precios quedan sujetos a cambios sin aviso previo.
Impuestos de ventas aplican en N.Y.

SPN-03   ©2003 Harlequin Enterprises Limited

Bianca

La línea que separaba lo personal de lo profesional era muy delgada

Frente a la puerta del ático del famoso playboy Demyan Zukov, la secretaria Alina Ritchie temblaba debido a los nervios. No debería haber aceptado el empleo. Se sentía perdida, y eso que aún no había conocido a su nuevo jefe.

La mala reputación de Demyan era cierta. Sus miradas apasionadas la hacían sentirse casi desnuda. Descubrió que su forma de mirarla despertaba en ella una rebeldía que la impulsaba a desafiarlo continuamente.

Pero si cada vez que se rozaban saltaban chispas, ¿cuánto tiempo podría Alina continuar negándose a lo que su cuerpo le reclamaba a gritos?

Una mujer valiente

Carol Marinelli

UNA PROPUESTA TENTADORA

ANNE OLIVER

La diseñadora de moda Mariel Davenport no había conseguido olvidar a Dane Huntington ni el modo tan cruel en que la rechazó. Sin embargo, años después, la potente química seguía presente y el seductor empresario tenía una tentadora proposición que ofrecerle.

Dane la ayudaría a crear el negocio de sus sueños... si ella le ayudaba a distraer a los paparazzi fingiendo ser su amante. Por supuesto, tanto Dane como su proposición eran irresistibles... sobre todo porque el hombre que una vez le rompió el corazón era el padre del hijo que esperaba.

Una proposición que ella no podía rechazar

5

¡YA EN TU PUNTO DE VENTA!